Big Pants

〜スケートボード is 素敵〜

柳町 唯

HIDDEN CHAMPION

目次

ビッグパンツ

ぴぽ

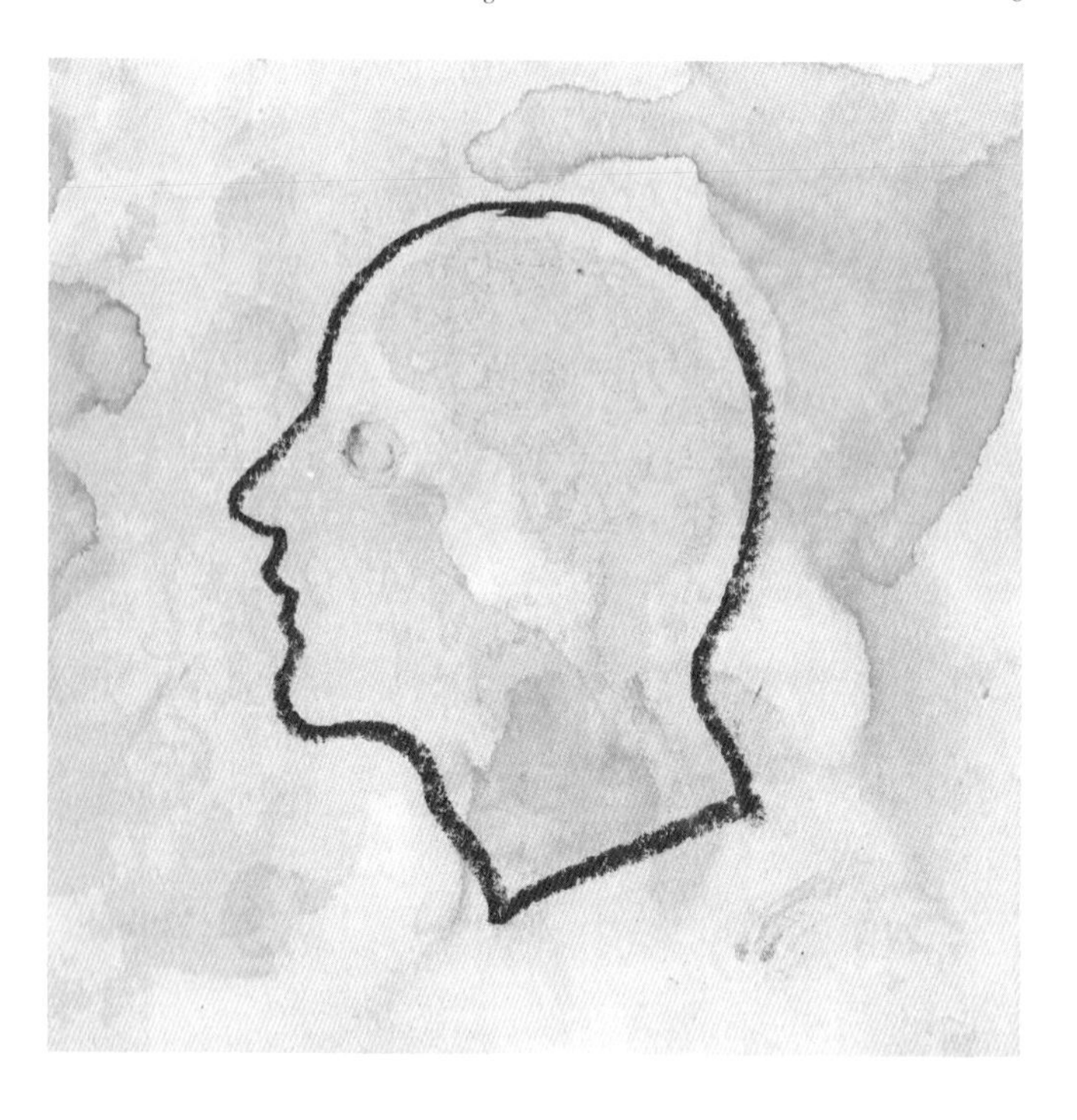

あれは九十年代半ばのヒップホップがものすごく流行っていた頃だった。みんながみんなしてラッパーのようにポロとかゲスだとかばかり着ていて、スケートボードブランドの洋服を身につけている者などほとんどいなかった。

当時の自分は、高校を卒業して横須賀本町どぶ板通りにあった「ワイルドボーイズ」という、初めてついたスポンサーでもあるスケートショップと、そのお店の大もとのサーフショップで店番のバイトをしながら、ほぼ毎日のように京急の横須賀中央駅の山の上にある中央公園で、縁石やフラットトリックなど、スケートボードの練習をしていた。

日が暮れると横須賀中央の街に繰り出して、ファストフードやコンビニで空腹を満たし、高校を卒業したばかりの同級生がバイトする飲食店や衣料品店などへ冷やかしに行ったり、可愛い娘が働いているショッピングモールのフードコートにたむろしたり、ショッピングモールの周りでヒップホップのダンスを練習している友達と洋服や音楽の情報交換をしたりと、どこの街にもいるような、暇を持て余した十代と変わりのない毎日を過ごしていた。

そして毎夜二十時あたりを過ぎると、繁華街にある「ぴぽ」という名の公園に向かった。

人が少なくなってきたのを見計らい、公園内のレールやベンチ、細い一方通行を挟んだ隣にある郵便局の縁石などを、当時よく見てハマっていたスケートボードビデオの『イースタン・エクスポージャー3』や、ズーヨークの『ミックステープ』などを意識し、カッコつけてスケートボードをしていた。

「ぴぽ」は繁華街にあるため、夜が更けてくるといろいろな人が来た。大半は酔っ払いやヤンキーだったが、横須賀ならではというか、米軍基地のある街ならきっと同じような感じだと思うが、米兵がよくいた。

米兵たちはコンビニで買ってきたウイスキーを瓶でラッパ飲みしながら、「デッキ貸してみな！　キックフリップを見せてやるぜ！」といった感じで、酒に酔った千鳥足で技などやらず、適当に他人のスケートボードを乗り回したりしていた。たいていはグリップテープを汚されたり、下手したら車道に吹っ飛ばされたりもしたが、それでも米兵たちはたいして謝りもせず、もちろん礼など言わずに陽気に去っていった。

公園でスケートボードをしている日本人の俺たちに対する敬意は、明らかに微塵も感じられなかった。

横須賀にいるアメリカ人は米兵に限らずみんなそんな感じのイメージだったし、たとえスケーターの米兵が来たとしても、横須賀基地に空母が停泊している間に適当に遊び散らかして本国へ帰っていくといった感じで、心底仲良くなれそうなタイプはいなかった。

そんな米兵ばかりだったこともあり、若かった俺は米兵スケーターを軽蔑し、遠目に見ながら距離をとっていた。

その年も、いつもと変わらず三、四人の米兵スケーターが「ぴぽ」に来ていた。一応彼らと一緒にスケートボードをするのだが、なんというか、志の違いと言ったら大げさ過ぎるかもしれないが、スケートボードに対する心構えが俺たちと違う気がしてならなかった。

パーティーアニマル的な雰囲気で、グラフィティまがいのタギングはそこら中にするし、ウイスキーをラッパ飲みして落として割ったまま放置したり、マリファナのニオイがプンプンしていたりと、要するに不良だった。

ただ、そんな彼らからもいろいろなことを教えてもらったり、一見イケてるふうな米兵スケーターに群がる日本人の女の子と仲良くなれたりもしたから、すべてを否定はできない。

当時は入手しにくかったリーバイスのシルバータブのデニムを、横須賀基地内のモールでちょっと金額を高めに払って買ってきてもらったりもしたし、彼らなりに少しは俺たちに気を遣ってくれていたのかもしれない。

だがやはり、どこか俺たち日本人スケーターを見下していたような気がしていた。

　これは自分の勝手な解釈だけれど、彼らは一度も日本語を話そうとしなかった。何人かの米兵スケーターが来て、少し仲良くなって一緒にスケートボードをしたが、日本語を話そうとしたスケーターはいなかった。そのことに俺は少しガッカリし、寂しさを覚えた。なんというか、アメリカとの壁というか、そういった漠然としたものが心の底で根を生やし始めていた。


　そんなある日、米兵スケーターの中で一人毛色の違うヤツが来た。レイ・グアーズという名だった。

　彼は初めて会ったときに、辞書から書き写したようなメモを見ながら「いっしょにすけーとぼーどしましょう」と、片言の日本語で話しかけてきたのだ。きっとこの公園で俺たちが夜な夜なスケートボードをしているのを知っていたのだろう。そして仲間に入るために日本語のメモを片手にやって来たというわけだ。

　もちろん当然のように一緒にスケートボードをした。別に日本語で話しかけてこようが何語だろうがいつもお構いなしにセッションは始まる。レイはメガネをかけた大人しそうなイメージだったが、スケートボードに乗るとまるで水を得た魚というか、漫画『こち亀』に出てくる、普段は小心者だがバイクに乗ると凶暴な性格に豹変するホンダみたいな感じにパワフルになる。そしてスケートボードの後にチルっていると、酒を飲むでもなく、頑張って日本語でいろいろと話しかけてくる。

「あれ？　いつもの米兵となんか違うタイプだな」

簡単にいうと俺たち日本人スケーターに対するリスペクトの気持ちが感じられた。それからは、昼間もうまいこと待ち合わせをして、山の上の中央公園や、赤いレンガ張りの路面の三春公園など、その他のスポットへもスケートボードをしに行った。初めて、横須賀に来た米兵スケーターと仲良くなれた。

それから数ヶ月が過ぎ、レイは空母の出発とともに横須賀を離れた。知り合う米兵スケーターたちは何ヶ月かで去ってしまうから、いつも別れ際はドライだ。しかしその数日前、レイはアメリカの住所を書いたメモをみんなにくれた。「アメリカに来るときがあったら連絡してくれ」という言葉とともに――。

気がつくと、レイとの別れから十年以上が経っていた。その間、レイの住むペンシルベニア州に寄って彼の実家に数日泊めてもらってからニューヨークにスケートボードをしに行った友達もいたし、またレイもその間に一度日本に来たりしていたが、俺はタイミングが合わず会えていなかった。

二〇一三年頃になり、ＳＮＳのおかげもあって、会わなくなった昔の友達の動向をチェックできるようになった。もちろんレイの動向もフェイスブックですぐにわかり、地元ペンシルベニアのアレンタウンで「ロストソウル・スケートボード」という小さいデッキカンパニーを運営していることを知った。そして、彼のウェブサイトに掲載されている動画を見て、昔と変わらないスケートボードスタイルに嬉しくなった。その後インスタグラムでも交流が始まり、お互いのフッテージを「ユーチューブで見たよ」と、感想を言い合ったり、コメント欄で冗談を言い合ったりするようになった。

そしてSNSを通して話が盛り上がり、お互いのブランドからゲストモデルを出すことになったのだ。

出会ってから十数年、その間、一緒に過ごした時間なんて数十時間くらいだったかもしれない。しかし月日が経ち、お互いに小さいながらも自身のブランドを持つようになっていて、今なおスケートボードをやり続けていたのだ。

ものすごい確率で、ものすごい運命的なことだと、ロマンチスト気取りな俺は思ってしまった。

お互いのゲストモデルをリリースした二〇一五年の夏、レイは日本に来た。じつに十数年ぶりの再会だった。

成田国際空港のゲートで待ち受け、感動の再会になるかと思いきや、いきなりくだらないデタラメな日本語ジョークをかましてきたレイに爆笑させられて、十数年という空白の時間が一気に埋まった。

そしてレイが日本に滞在していた一週間は、キッズに戻ったように毎日スケートボードをした。お互い三十代も後半だったが、疲れたなどと言わず、本当に毎日家で一緒にスケートボードのビデオを観てから、スケートボードをしに出かけた。


古巣である横須賀へも行き、当時のみんなで集まってセッションをし、夜はレイと初めて会った「ぴぽ」でチルスケをした。

十数年前と同じメンツで、同じ場所で、冗談を言い合いながらスケートボードのフラットトリックをするみんな。スケートボードが好きっていうことだけが変わらずに十数年という時間だけが経っていた。

みんなおっさんになっていたけど、あの頃のあの時間は今でも確実に宝物だ。スケートボードを続けてさえいれば、これからもずっとその時間が宝物になっていくのだろう。そのときに、そう確信した。

何事もやめるのは簡単だ。続けることのほうが大変な年齢になってきた。でもなんとか続けてさえいれば、良いことしか起こらないだろう。

俺はスケートボード歴が三十年を越えた。上には上の先輩方がいるからまだまだかもしれないが、このレイとの出来事のように、これからもスケートボードを通してドラマチックなことがまだまだ起こってくれると信じて、スケートボードを続けていきたい。

だってスケートボードってものが繋げてくれたさまざまなことっていうのは、本当に素敵だから。

岐路

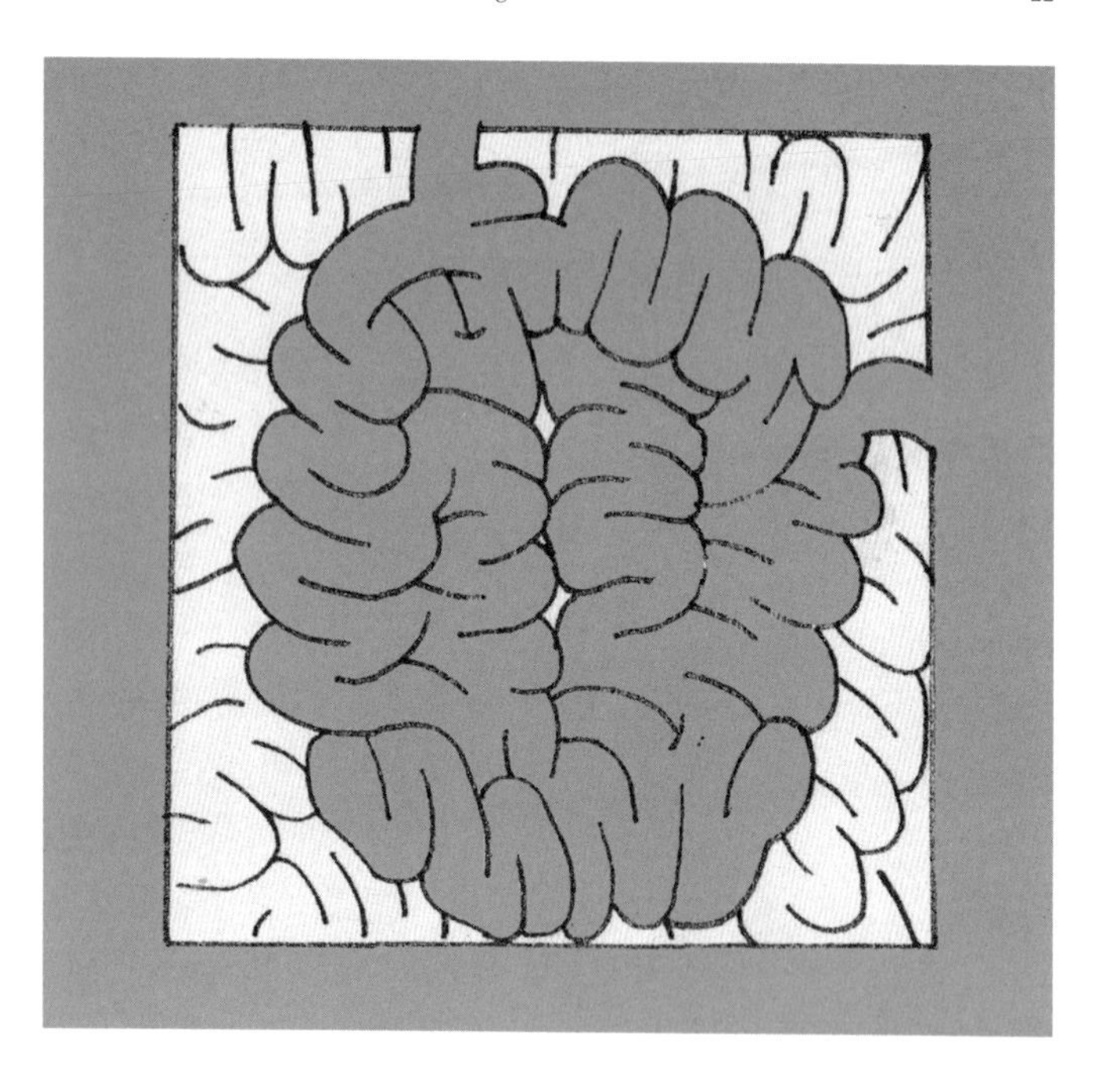

一九九七年一月十五日の朝六時過ぎ。まだ空が暗い中、俺はスーツを着て最寄りのバス停に立っていた。ちょうど二十歳（はたち）になった俺は、成人式に向かうわけでもなく、片道二時間ちょっとをかけて通勤していた。

スケートボード人生の中で、一番それに打ち込んでいるはずであろう年齢に、俺はお世話になっていたスポンサーもＡＪＳＡのプロもやめて、会社員になった。それまで毎日のようにしていたスケートボードも週に一回やればいいという頻度になっていた。今思うとすごくもったいない時間だったような気もするし、すごく自分のタメになった時間であったような気もする。

高校時代をスケートボードに費やした俺は、ギリギリの成績で卒業し、その後の進路なんてものは何も決まっていなかった。引っ越しや基地内での草刈りのバイトなどを週に二、三日しながら、それ以外の日はスケートボードばかりしていた。そんな状況だったから平日でも動けるということもあって、当時スポンサーについてくれていた代理店のハスコが、トニー・ホーク率いる「バードハウス・ツアー・イン・関東」という、スケートボードの撮影やデモを行うイベントに誘ってくれた。ただ、十八歳の俺はお恥ずかしい話だがまだ尖っていたというか、当時あまり人気のなかったバードハウスも、バーチカル下火全盛期のトニー・ホークもあまりリスペクトしていなかった。

ツアー中のデモやショップ巡りなんかよりも、そのときに通訳で雇われていた謎のハワイアンな自称〝ミスター・マイケル〟と一緒に、夜の六本木に遊びに行くのが楽しくてしょうがなかった。

そのミスター・マイケルがこれまたイケメンなのだが、着こなしがチョーすごくて、上半身裸に革のチョッキ一枚というワイルド過ぎる格好で、とにかく「スコット・オースターーか!?」ってなぐらいイケていた。

そんなミスター・マイケルにすっかりクラってしまった俺は、たった二、三日ともにしただけだったが、あのトニー・ホークよりもリスペクトしてしまった。

ツアーも終盤に差しかかった頃、厩橋(うまやばし)のスポットでオーシャン・ハウエル、マット・ビーチ、トニー・ホークという豪華極まりないメンツで滑り始めた。

当時の俺は回し技に自信があったので、そこにあった背もたれなしのプラスチック製のベンチを、スウィッチ・ポップ、スウィッチ・フリップ、スウィッチ・バックサイド・フリップ、フェイキー・トレフリップで飛び越した。

すると今まで無反応だったトニー・ホークが俺に名刺を渡してきて、ミスター・マイケルを通して「カリフォルニアに来たらウチにステイしなよ」と、有り難過ぎるお言葉をいただいた。でも当時トニー・ホークをナメていた俺は、「社交辞令に毛が生えたようなことを言ってやがるな」と思い、その名刺はすぐに無くした。

そのとき撮影した映像は、ハスコから取り扱い店舗だけに「バードハウス・ツアー・イン・関東」と黒いジャケットにブランドロゴが入っただけのＶＨＳテープとして配布され、かなりレアなビデオとなった。

それから数ヶ月が経った頃、写真週刊誌『FRIDAY』に、某アイドルの彼氏としてあのミスター・マイケルの顔にモザイクが入ったツーショットのデート写真が掲載されていた。俺はすぐにあの〝革チョッキ〟で気がついた。「ミスター・マイケルってマジで六本木でブイブイいわせてたもんな〜」と強い憧れを抱いた。今でも〝上半身裸に革チョッキ〟という着こなしは、かなり上級者で、イケメンの称号的なイメージを勝手に持っている。

そんなこともあったりして、高校を卒業してからもスケートボード三昧な毎日を送っていたが、やはり金がないのも問題だなと、「週四、五日くらいの気楽なバイトでもないかな」と、当時スポンサーしてもらっていた横須賀本町どぶ板通りにあったスケートショップ「ワイルドボーイズ」でバイトさせてもらえることになった。ただ勤務地はみんなが溜まっていたどぶ板通りのお店ではなく、系列店の上大岡のサーフショップのほうで、友達が頻繁に来るわけでもなく少し退屈なバイト先だった。

そのバイト先では、スケートボードコーナーの担当ではあったが、ちょうど人気が出始めたストリート系ブランドの仕入れなどもやらせてもらえた。当時シュプリームなどを扱っていた代理店からファックスで送られてくる、商品がまったく見えないオーダーシートを見ながら、想像力をフル稼働して「これってたぶんライアン・ヒッキーが着ているロゴのだよな？」などと結構アバウトにチェックを入れて仕入れたりしていた。

その店には、まだ十八歳だった俺には眩し過ぎるサーファーのお姉さんやお兄さんが勤務していて、とくにサーファーのお姉さんと二人きりで店番のときはかなり緊張したのを、今でも思い出すとキュンとした気持ちになったりする。

潮焼けした金髪に茶色い太もも、そしてシープスキンブーツという、ファッション誌『Ｆｉｎｅ』まんまの格好は当時、大正義であった。サーファーのお姉さんがレジで足を組み替えるたびに、その太ももをステッカーやトラック、ウィールが陳列されているガラスのショーケース越しに、お客さんのデッキを組みながら見ていた。

そういえば、当時人気だった太っといカラーデニムはどこのブランドからもリリースされていて、ファウンデーションのカラーデニムにはおまけとしてコインポケットにコンドームが付いていた。そのデニムを買ったスケーターたちはすぐにコンドームを開けて「デカッ！　長ッ！」と真っ黒のゴムのそれを風船のようにして店先で遊んでいた。

そして月末の棚卸しの残業の後に、店頭で売れ残ったファウンデーションのデニムのコインポケットから、なぜかコンドームだけがなくなっていた。

今でもサーファーの先輩っていうのはキラキラしていて危険な香りがしてカッコいい存在だ。最近ふと、「スケートボードってヤツはサーフィンの練習用として始まったものだから、結局サーフィンのカッコよさやスタイリッシュさってヤツにはいつまで経っても追い付けないのかな?」とか思ってしまったりもする。が、まぁそんな解釈は人それぞれで、それも結局、俺のヤングトラウマが植え付けられた時期に、イケてるサーファーの先輩が周りにたくさんいたからなんだと思う。

そんな感じで、スケートボードとバイトの日々を送っていたある日、右足首をひどく捻挫してしまった。かなりの期間スケートボードの練習ができなくなって大会にも出れず、スポンサーをしてもらっている代理店やショップに申し訳なくてすべてを辞めた。

俺は十九歳になっていた。今思えば、若造が何を悟ったかのようにスポンサーとか全部辞めてカッコつけんなよって感じだが、九十年代半ばの日本のスケートボードシーンは、大会での評価から、少しずつビデオや雑誌へと活躍の場所が変わってきていたし、そして何よりも、古くさい技はやってはいけないみたいな暗黙のルールというか雰囲気があったりした。みんなが同じ技をやってそのクオリティー、組み合わせ、ラインなどでそのスキルを競っていくという〝右へならえ〟的なスタイルになっているのを無意識に窮屈に感じていたのかもしれない。

そして何を思ったのか、俺は十九歳の春にいきなり就職活動を始めた。

高校をギリギリの成績で卒業した俺にとって、就職活動なんて何をどうして良いのかもわからず、とりあえず襟のあるシャツを着て職業安定所に行った。

今思えばなかなかの行動力だ。そして多少の希望を伝え、職員に言われるがままに、横須賀にある自衛隊の船を扱っている設計会社に面接を受けにいった。

経験のある中途採用の枠だったが、まったくの未経験の十九歳がチンプンカンプンな受け答えをしたのに、なぜか社長に気に入られて翌日から出社することになった。

俗にいうスケーターファッションの中でも細めなチノパンとラルフローレンのボタンダウンで出社すると、挨拶もそこそこに朝の八時から会社の屋上でラジオ体操が始まった。社員は三十人くらいで、三階建てのビルの屋上で全員でラジオ体操。かなりのカルチャーショックを受け、「会社ってこんななのか…」と面食らった。

業務はというと、CADなどまったく使えないので、いきなり社長のデスクに椅子を並べて社長のCADさばきを簡単に説明され、それをメモしながら見ているという、まさにマンツーマンでストレートな研修の毎日だった。でもそのおかげで三ヶ月もしないうちにスラスラと使えるようになっていた。この時期はＣＡＤが面白いことと、足がまだ完治していなかったことから、スケートボードは週に一回やればいいほうだった。人生で一番スケートボードをしていなかった時期かもしれない。

半年と少しくらい経った頃、当時ＧＭと合併した、いすゞ自動車への出向の話がきた。何やら図面をペーパーレス化して３Ｄデータで管理するとのことで、ＣＡＤを覚えるのが速く、一番若い俺が駆り出された。要するに社内でかなり半端な採用だったから、これといった担当もない俺のために社長が何かしら仕事を見つけてきてくれたということだろう――。

ここで冒頭のバス停へと話は戻るのだが、気付いたら実家のある葉山から往復四時間以上かけて、上野にある会社にスーツを着て通っていたのだ。

半年前まではネクタイを締めたこともなかったスケーターが、だ。そして教えられるがままに覚えた３Ｄ ＣＡＤソフトのＣＡＴＩＡを使いこなし、いすゞ自動車の図面をＧＭフォーマットの３Ｄデータに日々変換していた。

たぶん俺の人生の中で一番ちゃんと仕事をしていた日々だった。まだスケートボード盛りの二十歳そこそこだっていうのに。

こうして、よりいっそうスケートボードから離れていったかというと、そうでもなかった。そこそこ稼ぎも良くなった俺は、車をゲットして、週末は横浜や都内にスケートボードをしに行きまくるようになった。ちょうど二十一歳になるくらいのときである。

その後いすゞ自動車大型第二設計部に出向となり、実家から少し近い川崎市勤務になってスケートボードをする時間をさらにゲットしたのだが、ひとつ心に引っかかっていることがあった。それは会社の人たちには、普段スケートボードをやっていると言えず、たとえは失礼だが〝隠れキリシタン〟のように過ごしていたということだ。

同僚や先輩からの飲みや週末のバーベキューの誘いも断り、会社の人たちにはバレないようにスケートボードをする。きっと彼らからしたら、誘いを断るつまらない男だっただろう。

だが、当時まだまったく市民権のなかったスケートボードを、社会人になってもやっているということが、俺にはどこか恥ずかしく隠していたかったのだろう。

なんというか、自我の〝包茎〟状態だったのだと思う。

その後シート設計部、サスペンション設計部と異動を繰り返し、二十二歳になった。今思えば、そのまま働いていれば今頃は家の一軒でも余裕で建てて、子どもたちに囲まれスケートボードとは無縁な生活をしていたのかもしれない。そう思うと、人生の岐路についてしみじみと考えさせられる。

しかし、その岐路といえる決定的な日は、これまたあっけなく来るものだ。

それは横須賀のうみかぜ公園にフリップがデモツアーに来ていて、仲間のスケーターたちといつものようにスケートボードをしてバスティアン・サラバンジーのうまさにクラいながら楽しんでいたときのことだ。

公園の片隅で、代理店の社員たちは忙しそうにスケーターのケアなどをしていた。それを見ていた俺は、「日曜なのに大変だな。スケートボード好きじゃなきゃやってられない仕事だよな」と思うと同時に、それを仕事にしているうらやましさが込み上げてきた。

そしてなんとなく、バスティアン・サラバンジーではなく、裏方の、代理店の人やメディアの人を目で追うようになっていた。

すると見覚えのある人と目が合い、俺は会釈をした。数年前、ハスコにスポンサーしてもらっていたときのツアーでお世話になったハセガワさんだった。

ハセガワさんも俺に気付いてくれて、笑顔で手を振ってクォーターの上にある東屋（あずまや）のベンチに来てくれた。

「ユウくん久しぶり！　そういえばサラリーマンやってるんだって？　設計だっけか？　今、社会人経験もあってスケートボードの知識や経験もあるプロクラスの人を探してるんだよ」

そう言われ、名刺を受け取った。

俺はそのとき直感的に、「このチャンスを逃しちゃいけない」と、前にトニー・ホークからもらった名刺とは違い、大事にしまった。

そして翌週すぐに電話をし、翌月にはメディアハウスという会社に入った。そこでは「アクティブコレクション」という名の、横乗り系合同展示会のスケートボード担当や、今となっては伝説のスケートボード専門誌となってしまった『ＷＨＥＥＬ』の編集員をすることになった。

ここから俺の仕事は日本のスケートボードシーンにドップリになり、自我も〝仮性包茎〟くらいになっていくのであった。

この会社で得たものや知り合った人というのがこれまた濃く、その後のスケートボード人生に大きく影響を受けることになった。

人生の岐路やタイミングっていうものは、やはり人との繋がりによってもたらされるもので、それはいつ、何がどう自分の人生に作用してくるのか、そのときは気付きもしないけれど、時間が経ってみると合点がいき、そうなるべくしてさまざまな人と会っていたんだと感じさせられる。

そしてそれに欠かせなかったものが、俺にとってはやはりスケートボードだったんだと再確認する。

これから何歳までスケートボードができるかわからないが、これからの人生も、スケートボードに導かれるのか、はたまた翻弄されるのか、よりいっそうこの素敵な乗り物と付き合っていきたい。

エアパッキン

DEAD LTD EX
GET DEAD LTD EX

ちょうど世間はゴールデンウィークが終わり、爽やかになってきた街並みに一段落したような雰囲気の中、どこか夏に向けてソワソワするような落ち着かなさを、週末ごとに感じ始めた時期だった。

スケートボード専門誌『WHEEL』の入稿を終えたばかり。会社にいてもさほどやることもなく、ダラダラと仕事をするフリをしていた日のことだ。

ちょっと遅めのランチをと、会社の裏手にあるコンビニのポプラへ「チキンカツ弁当大盛り」を買いに行った。

その近くには大学があり、夕方になると年頃の女の子で溢れかえっている時間帯があった。

その日もちょうど何人かの女の子がいた。それはいつもの風景ではあるのだけれど、この日はちょっと違った。足首がキュッとしまって程よい感じにお尻がボリューミーでシュッとした長身な娘が、妙に目についたのだ。

声をかけるかかけないか一瞬迷ったが、会社の近所でまだ明るい時間帯、さらに手にはポプラの「チキンカツ弁当大盛り」を持っている。さすがに声をかけられなかった。

それから二、三日、その娘が気になって同じ時間帯にポプラに行ってみたりしたが、残念ながら出くわすことはなかった。


週末になるといつものメンツと、いつもの場所でスケートボードを楽しんだ。

「お前またそのルーティンだな！　来て一発目はいつも小さいRでのおきまりのライン‼」

安心したかのような声でタカシが話しかけてきた。

「ああ、この流れがなんていうか落ち着くっていうか、今日の調子がわかるんだよねー」

トリックとトリックの合間に返事をしつつ、三つ目のトリックで失敗した。いつもなら五、六トリックは続くから、今日は調子が悪いのかもしれない。

「お前が話しかけるから失敗したじゃねーかよ！」

小さいRのセクションに座って靴紐をきつく結び直した。

タカシが隣に座ってきて、くだらない会話が始まった。

「先週の土曜どうしたのよ？　あの後？　ってか途中でいなくなったっしょ⁉」

半笑いで聞いてきた。

「あー、あの日ね。ちょうどオジロザウルスのライブが終わったくらいかな？　バーカンで一緒にいた娘いたじゃん」

「ああ、紹介してくれた、なんだっけ？　彼女？」

「いや、彼女ではないけど最近よく一緒に夜遊びする娘」

「出た！　都合のいい女その一ってか。お前遊び過ぎでしょ！　バチ当たんぞ！　俺みたいにだな、一途にだな…」

タカシがまだ話している最中だったが、俺はデッキのテールを弾き、右手でデッキのノーズを掴んだ。

そのときビデオで観ていて気になっていたアンドリュー・レイノルズの験担ぎ

のマネをした。テールを二回「トンットンッ」と叩き、スタンスとは逆手でのランニングプッシュで勢いをつけ、カーブボックスへとアプローチした。

茶色く少し錆びた金属製のカーブボックスに対して真っ直ぐにテールを叩き、ノーズ側のトラックを上から踏み込むわけでもなくちょうど良い高さに合わせた。そうしてかけた左足の土踏まずでグラインドをしている感触。もう少しグラインドを流したいと踏み込んだ瞬間だった。ノーズがカーブに強く当たり、グラインドしているトラックが外れた。


〝ドフッッッ‼〟


鈍い音とともに左半身に重い痛みが走った。グラインド中に左足で踏み込み過ぎて前に吹っ飛んだようだ。カーブボックスを全部飛び越した。

「痛ってーーーー」

左肘と肩をさすりながら、タカシが座っている小さなRに戻った。

「だから言ったじゃねーか。バチが当たるって！」

タカシは笑いながら言い残し、得意なＫグラインドをサラっとかまして奥にあるレールへとアプローチしていった。

そんな感じに、仲間の新たなトリックを喜び合うような、いつもと変わりのない週末が続き、暗くなり出した頃には飲みに行く話が始まった。

すると仲間の一人であるマナブが女の子と飲みに行くというではないか。さらにその娘の友達も呼べそうだという。土曜の夜に、ものすごく頼もしい話だ。

すぐさまみんなでマナブに敬語で、「マナブ様、ちょっとその娘に友人も呼べないか聞いてみてはくれないでしょうか？」と一礼した。

「まぁまぁ、焦るでない、焦るでない」

マナブはそう言いながら携帯をパカッと開きメールを始めた。

マナブにアポのメールを入れてもらい、俺たちは身支度をして近所のスケートショップに最新のスケートボードビデオをチェックしに行った。

店内ではちょうど『４１１ＶＭ』のブラジリアン・ヴァケーションが流れていた。

当時のエスシューズのライダーがブラジルツアーをしている作品だ。リック・

マクランクにエリック・コストン、ケリー・ゲッツ、ボブ・バーンクイストと、スター選手ばかりで見どころもたくさんだ。まだ再生されたばかりらしく、最初のほうのシーンで、都市部にある小さなコンクリパークの映像が流れていた。

「ｆｒａｎｃｏ」と右下に小さくクレジットが出てローカルのうまいヤツが滑り出した。

俺が冗談で、「フランコ・カルロス・デニーロだ！」と嘘のフルネームを言った。

「本当詳しいなお前、こんなブラジルのローカルの名前なんかフルネームわからねーだろ、普通」とタカシが感心した。隣でマナブも頷いていた。

調子に乗った俺は続けた。

「カルロスはこのときペプシの自販機の補充の仕事をしている途中だったんだけど、自分のローカルスポットにコストンが来てるって聞いて、仕事を早上がりして来たんだよ。ほら、だからメッシュキャップが仕事のときのままなんだよ！」

ちょうどフランコがエクステンションからバックサイドオーリーのステールフィッシュグラブをしたくらいのときに言った。

それを聞いたタカシとマナブが「嘘つけこのヤロー！」と俺を小突いて笑った。

そのとき、マナブ、いやマナブ様の携帯からメールを着信した音が鳴った。

「よしッ！」

マナブがガッツポーズをした。

「二人来るってよ！　あと二人！」

「ちょうど三対三じゃん！」と俺とタカシはハイタッチをした。


駅前で二十一時に待ち合わせをし、雑居ビルの二階にある白木屋に入った。

まだ二対三で、女の子が一人遅れて来るらしい。

マナブは前から知っているマミちゃんを、タカシはついさっき紹介されたばかりのアンちゃんをちゃっかりとロックオンしている。

「これで遅れて来ると言っている娘が来なかったら俺つまんないな…」

そう思っていたとき、お店の入口のほうから店員さんの声が響いた。

「お待ち合わせのお客さまいらっしゃいましたーーっ」

ちょうど背中側だったこともあり、振り返ってキョロキョロするのも野暮ったいと思った俺は、冷静を装ってタカシを茶化していた。

マミちゃんが「こっちこっち！」と手招きをした。

前の席に女の子が座った。そして俺は、人生で初めて盛大に神様に感謝した。

なぜなら、目の前にいる女の子は、あの会社裏のポプラで見かけた、「足首がキュッとしまって程よい感じにお尻がボリューミーでシュッとした長身な」娘だったからだ。

俺は高まる気持ちを抑え、平然を装った。各自ちょっとした自己紹介みたいなのをして飲み会は始まった。


「ちょっと、遅いってフミちゃん！」

マミちゃんとアンちゃんが口を揃えて言った。

「ごめんごめん。バイトがちょっと押しちゃって、みなさんごめんなさい。フミです」

と、気になっていた大学生の名前を確認した俺は、

「フミちゃん、ナマでいい？」

と気のきく男感を精一杯出して、店員に他のみんなのお代わり分もオーダーした。

そしてしばらく時間が経ち、ちょうど終電間際になってきた頃、帰るヤツとクラブに行くヤツという感じでなんとなく散り散りになることになった。

俺は、帰るというフミちゃんと番号交換を済ませ、クラブへ向かうことにした。

元町にあるクラブ、ロゴスに着くと、週末のいつもの面々が早くもバーカウンター周辺でテキーラを飲んでいて、すぐにそこに混ざり乾杯をした。そしてさっきまでの合コンなんてあっという間に忘れて音楽に揺れていた。

ゲストＤＪのプレイに身を委ね、お酒と夜が深くなっていく中、誰かが「ボデガに行くぞー‼」と言い出し、ロゴスを出てタクシーを探した。

すると、ついさっきバーカウンターで一緒にテキーラを飲んだだけの、ほぼ初めましてなギャルが二人便乗してきた。

「ボデガ行くー‼　ポゥッポゥッ‼」

左手でガンフィンガーしてついて来るという、彼女たちのテンションの高さに圧倒されたが、俺は昔から知っていたかのように慣れ慣れしく肩を組み、大通りで捕まえたタクシーの後部座席の真ん中に座った。

タカシがタクシーの助手席から窮屈そうに振り返りながら言った。

「お前調子乗んなよ！　タクシー代はお前が出せよな！　あとボデガ着いたらテキーラ奢りな！」

煽られた俺は両脇にギャルを抱え込んだまま、両手でガンフィンガーした。

「了解ッ‼　ポゥッポゥッ‼」

ボデガに入り、バーカウンターの友人とヤーマンしてから、一緒に来たメンツとテキーラを飲み干した。

そして後部座席で肩を組んでいた左右どちらかのギャルの手を引いて、フロア奥のスピーカーの前に行った。重低音で体中すべての細胞が揺れている感じがして鳥肌が立った。音に溶けていくような感覚の中、ギャルのお尻にピッタリと腰を当て、ゆっくりと音に合わせて踊った。腰に当てた手の上から手を握られ、フロアの前方へと誘導された。

　ちょうどギャルの脚の付け根あたりを両サイドから優しく抱きかかえるように踊っていると、忘れていたかのように勃起している自分がいた。硬くなったモノがちょうどギャルのお尻の割れ目に沿って音に合わせてうまいこと当たり始めた。きっとこのギャルも気付いている。スケートボードをして程よく疲れた体に大量に流し込んだアルコール。そこに細胞まで揺さぶられるような重低音。そしてその中でギャルと密着し、境目がわからなくなるようなドロドロとした感覚を腰だけで感じる本能のダンス。その気持ちよさったらない。

　どれくらいの時間が経ったのだろうか。フロアから人が減り始めていた。それに気付いたのか、ギャルが耳元で「トイレ、トイレ行きたい」と言ってきた。俺も行くと伝え、手を繋いでトイレに行き、それぞれ男女にちゃんと分かれて入った。用を足し、ふと携帯に目をやると、メール受信の通知が届いていた。

　その当時の俺は、特定の彼女こそいないものの、何人かの女の子とすったもんだとしていたので、メールの着信を知らせるライトの色で誰だかわかるようにしていた。

紫色の点滅だったので、二週に一度会うような関係のＯＬからだとすぐにわかった。

そのＯＬが都内で飲んでから始発で横浜にある家に帰ってくるルーティンのときに、「横浜で遊んでないの？　うち来なよ」と、明け方にメールが来るような間柄だ。

でも今は、一緒に踊っていた、まだ名前も知らないギャルに夢中なのだ。とりあえずメールを返した。

「ごめんね〜、今日バリスケして疲れてもう家に帰って来ちゃったんだよね〜」

自分で言うのもなんだが、まったくどうしようもない男だ。

そう思ったのは一瞬のこと。すぐに開き直ってさっきのギャルの元へ戻った。

気がつけばもう五時を回っていた。自然にそのギャルの手を取り外へ出た。そして自分でもわからないほど自然にタクシーを拾い、石川町のラブホテルへと向かった。

スケートボードを終えた流れで一晩中クラブにいたこともあり、俺は「風呂入りてー」と言いながらすぐさまお湯を入れ始めた。

ふと「このギャル名前何ていうんだっけ？」と脳裏をよぎった。しかしギャルに後ろから戯（じゃ）れてこられ、舌を絡ませているうちにそんなことはどうでもよくなりすぐにベッドへ倒れ込んだ。

ハイビスカスのような柄の服を脱がすと、アルバローザとロゴの入った水着を着ていた。下着と水着の差っていうのはなんなのだろうか？　機能とか素材とかの前に、ラブホテルのベッドの上で見る水着は、エロさってやつがどうも脳みそに直撃で作用してこない。

そう思いながら水着をめくって乳首を舌先で突いた。そのままノールックで下も脱がし、指を這わせるともうものすごく濡れていた。きっとダンスフロアで腰を合わせて勃起していたときからこのギャルも濡れていたのだろう。そのまま踊っていたときのように腰を後ろから合わせると、スムーズに、違和感なくギャルの中に入った。

後ろから激しく腰を振っていると、「やべ、風呂のお湯自動で止まるやつかな？」とか、「このギャルの名前本当に何だっけか？　何回か聞いたよな？」と、一瞬脳内をグルグルしたが、体位を正常位に変える頃にはどうでもよくなっていて、晴海埠頭で八十年代に開催されたコンテストで、Rウォールにレイバックを狙いにいくビル・ダンフォースのモンゴ・プッシュ並みの動きで無我夢中で腰を振った。

日サロに通っているのか、くっきりと水着の跡がついた白い肌の部分に射精をした。「あー、ゴムつけなかった…。やべーかなー」と思いつつ、ほんのり聞こえる有線音楽放送B29の音の先に、風呂のお湯の音が止まっているのを確認しつつ、眠気の渦に埋もれていった。

昼に目が覚めてすぐ、少ししか開かないラブホテル特有の窓から外を見て、カラっとした良い天気なのを確認していると、ギャルがシャワーから出てきて「お腹減っちゃったー」と甘えた声で言ってきた。

俺って最悪だな、と思いながら、「ごめん! 俺午後からスケートボードしに行く約束があるんだよ」と言い、ベッドに押し倒して濡れた髪のギャルを抱いた。

ラブホテルの風呂にゆっくりと入ってから、いったん帰宅し、着替えを済ませてスケートボードのスポットへ向かった。

そこには昨日一緒に居酒屋に行ったヤツらも当然のように来ていた。少し二日酔いな面持ちで、いつもの場所に座っておしゃべり八割、スケートボード二割みたいな感じだ。昨日の今日で、みんなあまりやる気はないようだ。

すぐさま昨夜どうしたこうしたという話に華が咲き、そこでやっと会社近くの大学生のフミちゃんを思い出した。

すかさずメールを送った。

「俺が働いてる会社、たぶん通っている学校の近くだよ」

その後も、スケートボードをしている合間にこまめにメールチェックとかしちゃって、「これって恋かな?」なんて、さっきまで別のギャルとラブホテルにいたくせにソワソワソワソワしたりしていた。

二日酔いスケートボードで軽く汗をかき、スポーツドリンクを飲んでいたらメールが届いた。だが、着信ライトは紫色の点滅だ。あのＯＬからで「今日うち来なよ〜」というのいつもの内容だった。その日の夜は何も予定がなかったから、「行こうかな〜」と返そうとしたそのとき、フミちゃんから返信が来た。

「会社員なんですね！　昨晩飲んだときに〝無職です〟って自己紹介してたから～」と、何か良くわからないが好感触な内容で、それからチャット並みにメールをし、最終的に翌日、月曜の夜に会社の近くで食事をすることになった。

この日は陽が傾くまでダラダラとスケートボードをして、結局ＯＬの家へ行った。

まるで自宅かのようにスケートボードでかいた汗をシャワーで流し、勝手に冷蔵庫からビールを出して飲んだ。料理を作ってくれていたＯＬが、「ずるい！　私も飲む！」と言いかけたところで、後ろから抱きしめてそのままベッドへ向かった。

射精してベタつく性器を気にしながらベッドに横たわり、天井を眺めた。

「明日はフミちゃんと何を食べに行こうかな」

そんなことを考えていたら、ＯＬが、「私たちってさ…」と話しかけてきて、その先を聞きたくなかった俺は、ぐっと抱き寄せてまた激しく抱いた。

ケリー・ゲッツがなかなか技をメイクできなくて、強く激しくデッキを投げつけるときのように、とても、とても激しく。

部屋の中の空気が、重くのしかかるように暑かった。窓を開けると初夏のように気だるい風が吹き込んできた。夏はすぐそこまで来ているんだなと、ちょっとセンチメンタルな気分とともに夜が流れていった。

月曜日が来た。その日は企画会議の次は営業会議という感じで一日中会社にいた。

途中であのポプラへ行き、写メを添付して「グへへ、近所なう」なんてメールをしてみた。するとちょっと経ってから、「ウケる！　ストーカーみたい‼」とフミちゃんから返信が来て、デスクで次号のインタビュー記事の文字起こしをしながらウキウキソワソワとしていた。

仕事を早々に切り上げ、会社から近い繁華街であるＪＲ上野駅方面へと向かった。マルイシティ上野の前で待ち合わせなんてちょっと恥ずかしい気もしたが、フミちゃんはちゃんと来てくれていた。

居酒屋チェーン店に行って、なぜだか二人とも好物だということから茄子の浅漬けを一人一皿頼んだ。

普段なら月曜からなんてあまり飲まないのだがこの日は飲んだ。そして、可愛い娘と一緒ならビールは曜日に関係なくうまいんだと知った。

フミちゃんはとにかく俺のくだらない話を真剣に聞いてくれた。

「陰謀論」的な話から、宇宙や宇宙人の話など、お得意の中二病ヨロシクな話題で盛り上がっていると二十三時くらいになっていた。

「月曜だしそろそろ帰ろうか」

俺はそう持ちかけたが、

「まだ終電まであるし、ちょっとお散歩しない？」

そう言うフミちゃんの提案に乗った。


週末に遊び過ぎて家にも帰ってなかったから、今夜は早く帰るつもりだったのだが、何かに期待して居酒屋を後にし、駅とは逆方面に歩き始めた。

御徒町を右に曲がり、春日通りの坂に差しかかる湯島天神のあたりでは、すでに手を繋いでいた。

多愛のない会話が続く中、信号待ちで少しの沈黙になったときにキスをした。

坂を登りきって二回目の信号待ちのとき、「こっから先どうする？　ラブホとか通り過ぎたじゃんか？　終電で帰るのか？　いや帰れるのか？」などコンマ二秒ほど頭の中がグルグルとしたが、「あ、会社に行こう‼」と、社会人失格な思考が生まれた。

そして、「本郷三丁目の交差点の先にうちの会社があるんだよ」と、手を引いて会社へ向かった。


雑誌の編集で忙しい時期は三日間泊まり込みとかもあったから、会社は夜中の出入りも余裕だった。たまにしかないヒマな時期に感謝しながら、セコムを解除して入った。

社内を案内しながら俺がやっている仕事を説明したり、どれだけスケートボードが好きかを熱弁したり、応接室みたいなソファセットがある部屋で面接ごっこをしたりして、ポプラで買ってきたお酒を飲んでいたら、時計はとっくに深夜二時を回っていた。

そのままソファで抱き合った。革張りのソファが二人の汗で妙に滑った。そして汗だくなまま、社長室の机で後ろから抱いて背中に出した。少し社長の机にかかってしまった。もう買ってきたお酒はなかったから、裸のまま会社の冷蔵庫にあった誰かのビールを勝手にいただいた。

革張りのソファはもう乾いていた。罪悪感よりも、この娘とこうして一緒にいられることに高揚している自分に気付いた。

「俺の寝袋あるし、エアパッキン敷いて床でちょっと寝る?」

「エアパッキンて何?」

そう聞かれ、奥の資材置き場からエアパッキンのロールを持ってくると彼女は爆笑した。

「それに包（くる）まって寝るの!?」

「いやいや包まないよ。コレを敷き布団代わりにして、端材で枕を作るんだよ」

俺がいつも泊まり込みのときにするようにカッターとガムテープですぐさま布団を作った。

彼女は「こんなの初めて！」と言ったが、「そりゃそうでしょ」と思いながらエアパッキンの上でもう一回抱いた。

腰を振るたびにエアパッキンが「プチップチッ」と弾け、その音の数だけ俺は何かを忘れることができた。


二時間ほど寝たのか、すでに外は明るくなっていた。

ふと顔を上げると彼女は俺のデスクに座り、俺の作った記事を読んでいた。素直にこういうのいいなと思った。

時計を見ると六時になりそうな時間だった。すぐに支度をして二人で手を繋いで駅へと向かった。

今日はこれからお互い家へ帰って、ちょっとしたらまたこの駅からそれぞれ会社と学校へ向かう。そう思うと、いつも週末にラブホテルから出て、どこにスケートボードをしに行くかだけを考えている自分ではないことに気がついた。

スケートボードがすべてじゃない。初めてそう思えた朝だったのかも知れない。

夏はもうそこまで来ていた。

ニオイ

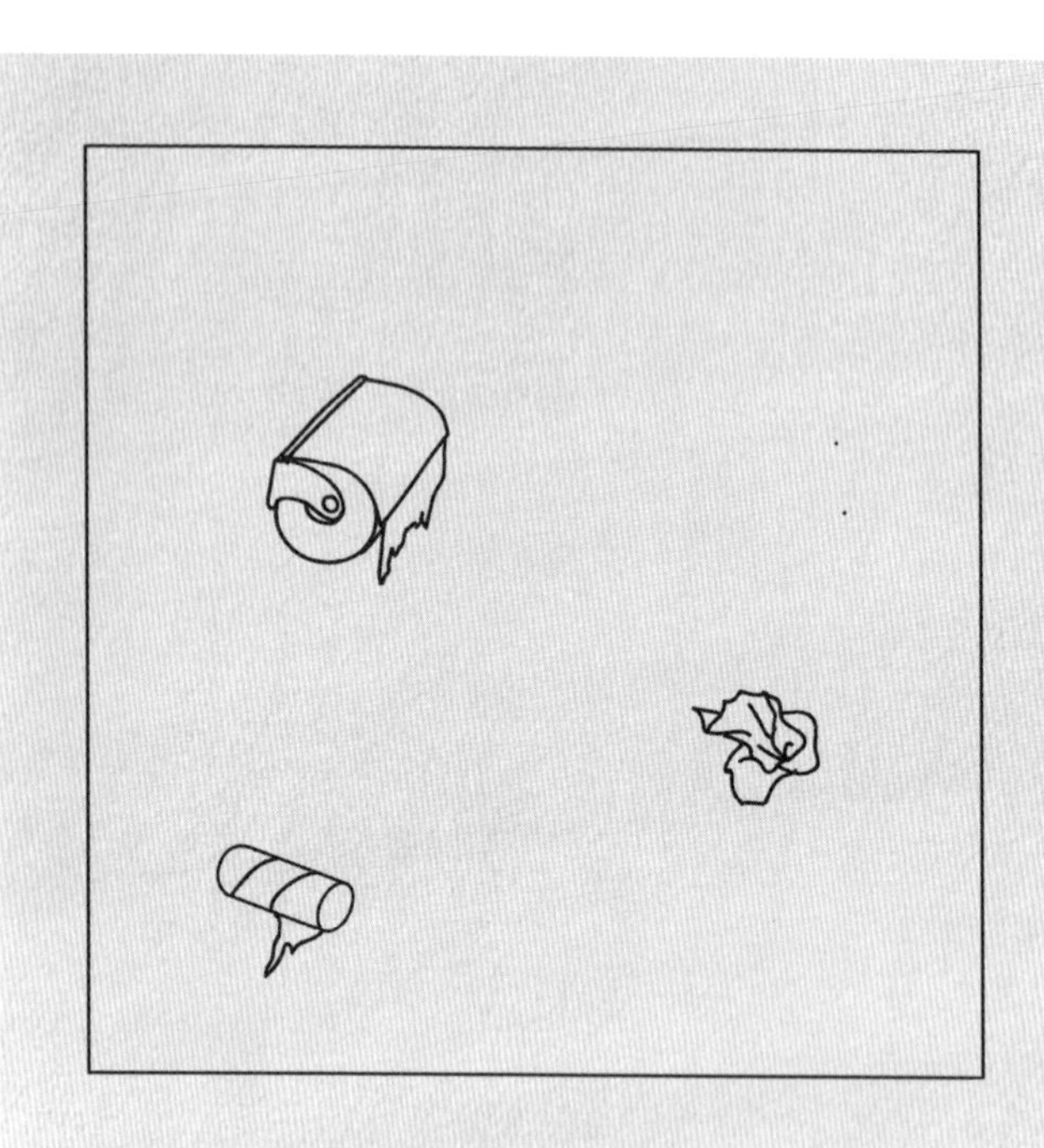

夏の終わり頃に一気に変わる風のニオイは、辻堂海岸にあった海の家「スプートニク」のビーチにひと夏だけ現れた、出っ張り過ぎたコーピングのコンクリート製ボウルを思い出させる。

『THRASHER』マガジンのモノクロページのインクのニオイは、七里ヶ浜にあるサーフショップの真夏の真っ白な外壁を思い出す。

そんな感じで、どうでもいいニオイの記憶が蓄積され、人生というものはできていくのかもしれない。

小学四年のとき、人気だったアイドルグループの光GENJIの影響で、学校ではローラースケートが流行っていた。俺もその流行りに乗りたかったが、自称元芸術家のオヤジにはそんな物を買う金なんかなく、近所のサーファー友達からもらってきたグラスファイバー製のスケートボードを俺に与えてくれた。そんなきっかけで手に入れた、当時見ても古くさいそれが、俺が初めて手にしたスケートボードだった。

光GENJIの後ろで踊っている少年たちもスケートボードに乗っていたから、とりあえず、まぁいいか、とスケートボードを始めた。

しかしこれが難しかった。というよりも、どう乗ればいいのかさえわからないレベル。まったく手本もないのだからどうしようもない一九八六年の春先のことだった。

当時住んでいた実家は、オヤジの友達の溜まり場のようになっていて、多種多様な人が出入りしていた。葉山の海近くの峯山(みねやま)を背にした一軒家で、そこに三世帯くらいが同居していた。ガキは俺一人だけ。今思えばものすごい環境だった。

毎週末のようにホームパーティーが開かれ、庭に即席ステージを作っては、オヤジの友人で、グレイトフルデッドの日本版のライナーを書いたことがあるというバンドが音楽ライブをやったりしていた。そんな中、スケートボードとサーフボードを持って家に泊まりにきたお兄さんがいた。

　その人はニックという愛称で、とにかくナイスルッキングガイでモデルをしているサーファーだった。そんなニックが持っていたスケートボードは、俺が持っている、ギリギリ乗り方はわかるが技も何もわからないグラスファイバー製のスケートボードとは違う木製だった。上側には滑り止めが貼られ、裏側にはカッコいいガイコツの絵が描かれていた。後になって知ったが、それはパウエル・ペラルタのマイク・マクギルのモデルだった。一目でホンモノのスケートボードのカッコよさにヤラれた。

　ニックは長者ヶ崎（ちょうじゃがさき）の海へ行くにもスケートボードだった。ちょっとした段差から降りたりしながらスムーズにダウンヒルをしていた。これには雷に打たれたような衝撃を受け、すぐさま「教えて！」と懇願した。

「ねぇ、俺もスケボー持ってるよ」

「ユウ、お前乗れんのか？」

「ほら！」

　俺は自慢げにプッシュしてからチックタックをしてみせた。

「あはは！　それはアメリカンプッシュだ！　それはダサいやり方だぞ！」

ニックは笑った。

「そのプッシュは違うぞ！　プッシュはスタンスの後ろ足でやるんだ！」

そう言って俺にスムーズなプッシュを教えてくれた。

俺はたぶん映画『バック・トゥ・ザ・フューチャー』で観たまんまのプッシュのやり方で、ダサくデッキコントロールがしにくい、通称〝アメリカンプッシュ〟といわれる前足でやるプッシュをしていた。ちょっとできるようになっていたと思っていたが、自己流のアメリカンプッシュのクセが危うくついてしまうところだった。

ニックは、いわば俺のスケートボードの基礎の基礎の師匠だ。

そしてスムーズなチックタックのやり方も教わった。その日からはプッシュとチックタック、そればかりやった。うまくなって、今度ニックが来たときに披露し、さらに新しい技を教えてもらうんだと期待しながら、ひたすら練習した。

しかし、ニックが家に遊びに来ることは二度となかった。

オヤジの話によると、飛行機の中で〝気が狂って〟死んでしまったということだ。「どういう死に方だよ」とガキながらに思っていたが、数年経ってからその内容をちゃんと理解してかなりビックリした。

コンドームにいろいろな薬物を入れて飲み込み、そのまま飛行機に乗ったらしいのだが、気圧の変動でコンドームが破裂してしまい、内容物を胃がすべて吸収し、薬物の過剰摂取により機内で亡くなってしまったというのだ。とにかく映画みたいな壮絶な人生だと思った。そうして俺はいきなりスケートボードの師匠を失った。

それでもそれから一年近く、プッシュとチックタック、そしてダウンヒルしか知らないままスケートボードを楽しんでいた。ニックみたいにカッコよく乗りこなしたいという憧れとともに、スケートボードはものすごくカッコいいものだと信じていたのだと思う。

そんなことがあったにも関わらず、我が家では相変わらずパーティーが開かれていた。

若い女性向けのファッション誌に出ているような読者モデルが都内から泊まりにくるなんてときには、周りの大人の男性陣から「ユウ、一緒にお風呂入りたいって言ってこい！　お前はまだ小四だからギリセーフだ！」と言われおっぱい調査隊に任命されるも、あっけなくお姉さんたちに魂胆がバレて断られ、爆笑されたりした。

また、オヤジは日本文化を大事にしていたのか、季節の節目の行事には、とくに力を入れてパーティーをしていた。節分にはオヤジは全身を真っ赤な塗料で塗りたくり、さらに赤い競泳水着を履いて鬼に扮した。そのいでたちで海岸から国道を渡って家の敷地内に踊りながら入って来るという、ある意味で芸術的なパフォーマンスを行い、オヤジを相手にみんなが豆を撒きまくるという、身内ではバカうけした行事が毎年恒例のように、といっても二年くらいだが盛大に行われたりした。

そうやって事あるごとにパーティーは続いた。賑やかで楽しい毎日だった。

そして気付いたら誰もニックの話をしなくなっていた。

ある日、オヤジの芸術活動のひとつである「流木家具作り」の材料を拾う手伝いのため、台風が過ぎ去った後の海へ流木拾いに向かった。するとその途中、近所に引っ越してきた少し年上に見えるアメリカ人の少年が、俺たちの横を颯爽とスケートボードで通り抜け、オーリーをして段差のある歩道へと飛び乗った。

オーリーなんてものをまったく知らなかった俺は衝撃を受けた。「俺もアレをやりたい！　スケートボードで飛びたい！」とそのときに強く思ったことは、大人になった今でも鮮明に覚えている。

しかし、オーリーというものがまったくもって理解できていないし、そもそも〝オーリー〟という名称すら知らない。何をどう練習したらいいのかもわからない。もう一度あのアメリカ人の少年に遭遇して生で見るしかないと思い、毎日のように放課後は彼が出没するのを待っていた。

数日後、オヤジの芸術活動の資金稼ぎのメインでもある「砂浜に穴を掘ってロウソク作り」の手伝いをしているときだった。例の少年がスケートボードに乗って防波堤のほうへとプッシュしていったのだ。

すぐさま追いかけ、話しかけようとしたが、彼は日本語が話せないのか、いきなりダッシュで近づいてきた俺を警戒しているようだった。ロウソク作りの手伝いで来ていたのでそのときスケートボードを持っていなかったし、オーリーを教えてほしいのにオーリーという技の名称も知らない。何をどう伝えたらいいかもわからないまま、まったく意思疎通ができずにいた。そして、少し離れたところから彼のことをただ見守るだけという結果に終わった。俺の中でのオーリーは、コミュニケーションすら取れない未知なものとして、さらにミステリアスで魅力的なものへと想像が膨らんでいった。

俺は、古くさいグラスファイバー製のスケートボードではなく、ちゃんとしたスケートボードが欲しくてしょうがなくなっていた。

オヤジが流木で作ったダイニングセットが「葉山芸術祭」か何かの催し物でたぶん結構な値段で売れた。懐があたたかくなったのか、いつもより機嫌がよさそうなオヤジは、俺のおねだりをすんなりと承認してくれた。

藤沢の東急ハンズへ行き、ハスコのオリジナルデッキ、白いエアートラック、ＯＪウィールのフリースタイルふうな出来合いのコンプリートを買ってもらった。

これが俺の最初のスケートボードのセッティングで、その年の秋のことだった。

俺は嬉しくて、本当にスケートボードと一緒に寝るくらいの勢いで共に過ごした。止まり方のわからないダウンヒルや、やり方も名称もわからないオーリーも一人で練習した。

一九八六年といえば、ちょうどトイボードブームに突入した頃で、ノーズガードやテールガードが付いたプラスチックのウィールのオモチャみたいなスケートボードが小学生の間で流行り始めていた頃だ。近所の小学生の間でも空前のスケートボードブームがやってきて、みんながこぞって坂を下っていた。技がどうとかではなく、乗り物に乗るという楽しさを、小学生たちはピュアに楽しんでいたのだと思う。

そんなブームも数ヶ月したら過ぎ去り、ほとんど誰もスケートボードに乗らなくなっていた。

年を越し、一九八七年になった。近所のテレビゲーム友達グループで最年少のコウちゃんこと岡航太郎が、シュミットスティックスのリップソーのコンプリートと、パウエル・ペラルタの名作『ザ・サーチ・フォー・アニマル・チン』の

ＶＨＳビデオを持って、正月の家族旅行のハワイから帰ってきた。彼の家に数人が集まり、土産話を聞いた。

「ハワイにコンクリートのお椀みたいなのがある公園があって、そこでスケートボードの人が飛んだりしていてチョーカッコいいんだよ」

「嘘だー、スケボーで飛ぶのかよ！」とみんなが口を揃えて言った。

「とりあえずこのビデオを観てみてよ」とビデオデッキに『アニマル・チン』を入れた。

「ワッハッハッハッハッハーーーッ」と、オープニングとともにあのパウエル・ペラルタのトレードマークでもあるガイコツが笑うアニメーションで幕を開けた。

ストーリー仕立てになっている『アニマル・チン』は、スケートボードを全然理解していない小学生にもわかりやすく面白い構成だった。

みんな画面に釘付けになり、口々に「カッケー!!」、「飛んでる！　飛んでる！」と騒ぎながら見入っていた。

俺は、画面に映る一人のスケーターのスケートボードを見てハッとした。それは、俺にスケートボードの基礎を教えてくれたニックが乗っていたものと同じだったからだ。

「これだったのかー、やっぱカッケーなー」と一人呟いていた。

コウちゃんが画面を指差し得意げに言った。

「ここ！　この水路みたいな場所行ったぜ！」

それにはみんな「ふーん」と言うくらいで、画面の中で飛んでいるスケーターに夢中になっていた。

そのときにハワイ土産でもらったパウエル・ペラルタのステッカーのニオイも鮮明に覚えている。ホンモノのアメリカを初めて鼻で感じたからだ。それから俺はステッカーを手にするたびにニオイを嗅ぎ、アメリカかそうじゃないかを勝手にジャッジするようになった。そして同時に、初めて知った〝アメリカ感〟として懐かしく思い出したりしている。

『アニマル・チン』を観た俺たちは、何度もオーリーのシーンをスロー再生して練習しまくった。ちゃんとしたスケートボードはコウちゃんのリップソーしかなかったから、みんなで順番に練習した。

とにかく周りでは「スケートボードがチョーカッコいい」と盛り上がった。みんな、親に何回も一生のお願いをして、続々とスケートボードを買ってもらい始めた。

そんな感じで俺もパウエル・ペラルタのスケートボードが欲しくて何度も一生のお願いをしたが、オヤジは「一年くらい前に買ったハスコのがあるから」と、結局買ってもらえず、みんながパウエル・ペラルタやサンタクルーズのスケートボードでオーリーを練習している中、俺は少しフリースタイル用っぽいシェイプで小さいハスコのスケートボードでオーリーを練習していた。

毎日学校から帰ると家の前でプッシュ、チックタック、ダウンヒルをしてからオーリーを猛烈に練習した。そして小さく軽いハスコのスケートボードが功を奏したのか、ちょっとずつオーリーができるようになってきた。馬鹿みたいに嬉しそうにオーリーをオヤジに披露した。ちょうどその日におじいちゃんが家に来ていたので、一緒に見せた。

孫が何かに熱中してそれを披露したのがよっぽど嬉しかったのか、本物のスケートボードが欲しいという俺の話をちゃんと聞いてくれて、即決で買ってくれることになった。

昔オリンピックのスピードスケートの選手を目指していたというおじいちゃんが、「スケートボードもいつかオリンピック種目になるかもしれんし頑張れよ！」と、七里ケ浜のサーフショップで、サンタクルーズのロブ・ロスコップに、サンダートラックにホソイロケットという、正真正銘、本物のスケートボードをコンプリートで買ってくれた。

もちろん安いものじゃないってことは小学生でも重々承知していたからものすごく嬉しかったし、おじいちゃんに感謝した。しかし何よりも早くオーリーを高く飛びたかった。

ちなみにそのサーフショップの店内はウエットスーツとセックスワックスのニオイが充満していて、今でもふいにそれらのニオイを嗅ぐと、初めて本物のスケートボードを手にしたときのことを思い出し、身が引き締まる。

小学五年の夏休みは、まさに四六時中スケートボードをしていた。無駄にプッシュであっちこっち移動してはスケートボードができそうな場所を探した。プッシュでどこまでも行ける気がした。

漁港の魚臭い防波堤で、スケートボードが海に落ちないように代わりばんこで見張りをしながらウォール・ウォークの練習をした。

農家の納屋の馬糞臭いベニヤを失敬してきてガードレールに立て掛け、フラットバンクまがいなことにも挑戦した。

「コウちゃんさ、今日は峯山の上のほうまで行って、あの野球場のあるあたりからダウンヒルしながら何か探そうよ！」

土曜日の午後、俺はコウちゃんの家にスケートボードの誘いに行った。

「いいよ！　行こう、行こう！」

コウちゃんはそう答え、身支度をしてハリウッド映画に出てきそうな網戸仕様の扉を開けて出てきた。

小学生当時の近所のスケートボード友達はチョーがつくお金持ちな家庭ばかりで、当時の俺は全く気にしてなかったといえば嘘になる。とにかくビバリーヒルズにありそうな豪邸にみんながみんな住んでいた。リビングからは相模湾が一望でき、その先には富士山が見えるというまさに勝ち組な家が並んでいた。俺の家はというと、ようやく三世帯で住んでいた家からは引っ越したが、海岸からは遠く、海なんか見えない秋谷公園の先の山側の平屋に住んでいた。

コウちゃんの家の隣に住んでいるシュウくんもすぐに勝手口伝いに誘いに行き、その二軒先のテッペイ、キョウヘイ兄弟にも声をかけて、峯山の頂上付近にある野球場、久留和グラウンドを目指した。

行きは上り坂だが、途中でちょっとした段差や別荘のエントランスのスロープを見つけてはオーリーをトライし、小学生五人であーでもないこーでもないと、全然技なんかわからないし知らないからできないのだが、ものすごく楽しみながらスケートボードをしていた。

久留和グラウンドに着き、海の見える下り坂をみんなでダウンヒルをした。パワースライドなんか全然できないから、途中で後ろ足でフットブレーキをしたりデッキから降りたりしながら海岸線を目指してダウンヒルをした。

徐々に近づいてくる潮のニオイと、ものすごいスピードで後ろへと流れていく景色、そしてみんなの笑い声が永遠に続くものだと感じていた。

山へ登っていくときは寄り道しながらだから数時間もかかったのに、海岸付近の国道近くへは、ダウンヒルをするとすぐに下まで着いてしまう。
本当に楽しいことは一瞬だ。

そんな感じに毎日毎日、近所の坂という坂や漁港という漁港、夏にしか人が来ない別荘のエントランスなどで、身の回りにあるモノを代用して小学生ながらそれっぽいセクションを作りスケートボードをしまくった。

記憶というものには何かしらのニオイがつきまとい、鼻の奥のほぼ脳みたいなところに残っていて、こんな歳になってもふいに思い出させられてしまう。
それが俺の場合は、魚臭い漁港でのウォール・ウォークだったり、馬糞臭いベニヤをガードレールに立てかけたフロントサイドオーリーだったりするのだ。まったくもってダサいニオイの記憶だ。

一九八八年になってもスケートボードにドップリだった。
葉山公園に、ジャンプランプを持ち込んで滑っている年上のうまいグループがいるとの情報を嗅ぎつけて滑りに行き始めた。俺は小学六年になっていたが、小学生から見た中学生グループなんてものはチョー先輩だしカッコいいし、何より怖かった。

しかし、何回か通ううちに名前と顔を覚えてもらえてジャンプランプなどのセクションも滑らせてもらえるようになった。

思いのほかみんな優しくていろいろなことを教えてくれた。

当時は本当にスケートボードを真剣にやっている人が少なく、そのコミュニティもすごく小さかった。ただそれだけに、仲間に入るまでは大変だったが、入ってしまえば居心地がよかった。

たった一つか二つしか年は変わらないが、その中学生のスケーターたちは大人に見えてカッコよかった。

ジャンプランプでのメソッドエアーは、タバコのガラムのニオイが今でもする。誰が吸っていたのかまでは覚えていないけど、先輩のカトウくんのメソッドエアー、ツッさんのワンフットエアー、ジュンジくんのピーティーバーナムなんてまさにカッコよすぎて、大人になってからも地元で会うと緊張してしまう。

大人になってから葉山にある海の家「オアシス」で会ったときも、その先輩たちからガラムのニオイがして、普遍的なカッコよさってモノの正義を再確認した。やっぱり俺にとってガラムのニオイっていうのは、いつまで経ってもカッコいい先輩のニオイなんだ。

そして俺も中学生になった。いろいろなことに慣れてきて、いろんな場所へスケートボードをしに行き、いろんなスケーターと会うようになっていっぱしのスケーターになっていった。

横須賀へ初めてスケートボードをしに行ったときは、横須賀基地の米兵スケーターもいてすごくアメリカンな雰囲気にのまれてしまって見ているだけだった。

ノリもスタイルもまったく違ってとにかくクラった。彼らからしていたニオイは、今思うとオールドスパイスやブルートといったコロンで、俺の中で絶対的なアメリカのニオイってヤツが確立したのはそのときなのだと思う。

スケートボードと一緒にいろんな人といろんなところをほっつき歩きながらホットなスケートセッションをしていると、気付いたら中学三年になっていた。

新宿中央公園ジャブジャブ池、太陽の広場、所沢航空記念公園、山下公園など、当時のフェイマススポットにはすべて行ってみた。でも葉山公園、逗子の第一運動公園など、自分のローカルスポットで滑るのが大好きだった。

横須賀の三春公園に通い始めたのもこの頃だった。そこで知り合った横須賀基地内に住んでいるロバートにエスコートしてもらい、基地の中へスケートボードをしに行けるときはスペシャルだった。

そこは一歩中に入るとアメリカのニオイで溢れていた。

基地の端の駐車場で、縁石トリックやマニュアルトリックをやってはいちいちアメリカな造りの縁石に感動した。

ある日、昼過ぎからスケートボードをしに行った。やがて暗くなり腹も減ったのでロバートのエスコートでフードコートへ向かった。

フードコートでは、日本では考えられない、おかわりし放題のコーラを飲みまくったり、食べきれなかった巨大なブリトーを、スケートボードビデオで観た人気スケーターが車から食べ物を投げたりする悪ふざけをマネして道に投げつけたりと、くだらない悪ガキぶりを発揮しながらスケートボードをしていた。

するとやはり目をつけられてしまうワケで、黒人グループに、「おう、そこの黄色いの技見せてみろや」みたいな感じで絡まれ、ビビりながら技をやった。しかし意外にも俺が最新トリックをメイクし、さらに調子に乗ってモールの出入り口にあるハンドレールで、ケーブマンからボードスライドとかもやっちゃったりしたら黒人グループに妙に気に入られ、普段のエスコートでは入れないような場所まで、いろいろと案内してくれた。

俺を連れ回した黒人グループは、ちょっとした物陰に入り一本のタバコを回して吸い始めた。

「なんか貧乏臭いな」と思って見ていた俺にも順番が回ってきた。

基地内にエスコートしてくれたロバートが、小さな声で「マリファナだよ」と言ってきた。

「これがマリファナか…」

そう思ったと同時に、鼻の奥の脳に近い部分から一気に記憶が蘇った。

それはガキの頃にオヤジが毎晩吸っていて、ホームパーティーのときに家中に立ち籠めていたニオイだった。そしてさらに、スケートボードの基礎を教えてくれたニックのニオイでもあった。

俺はソレを片手に持ったまま、吸う前に笑ってしまった。

「これ、俺の家のニオイだ」

今でもふいに街角やクラブでそのニオイのついた人に出くわすことがあったりもするが、そのたびに軽くオヤジやニック、そしてホームパーティーのことを思い出す。

ニオイで思い出すモノっていうのは、そうやって時間が経てば経つほど脳の奥深くに刷り込まれ、軽いトラウマのような思い出になるのかもしれない。そして何かの拍子に一気に懐かしさと寂しさを感じさせてくれるのだ。

キッズ

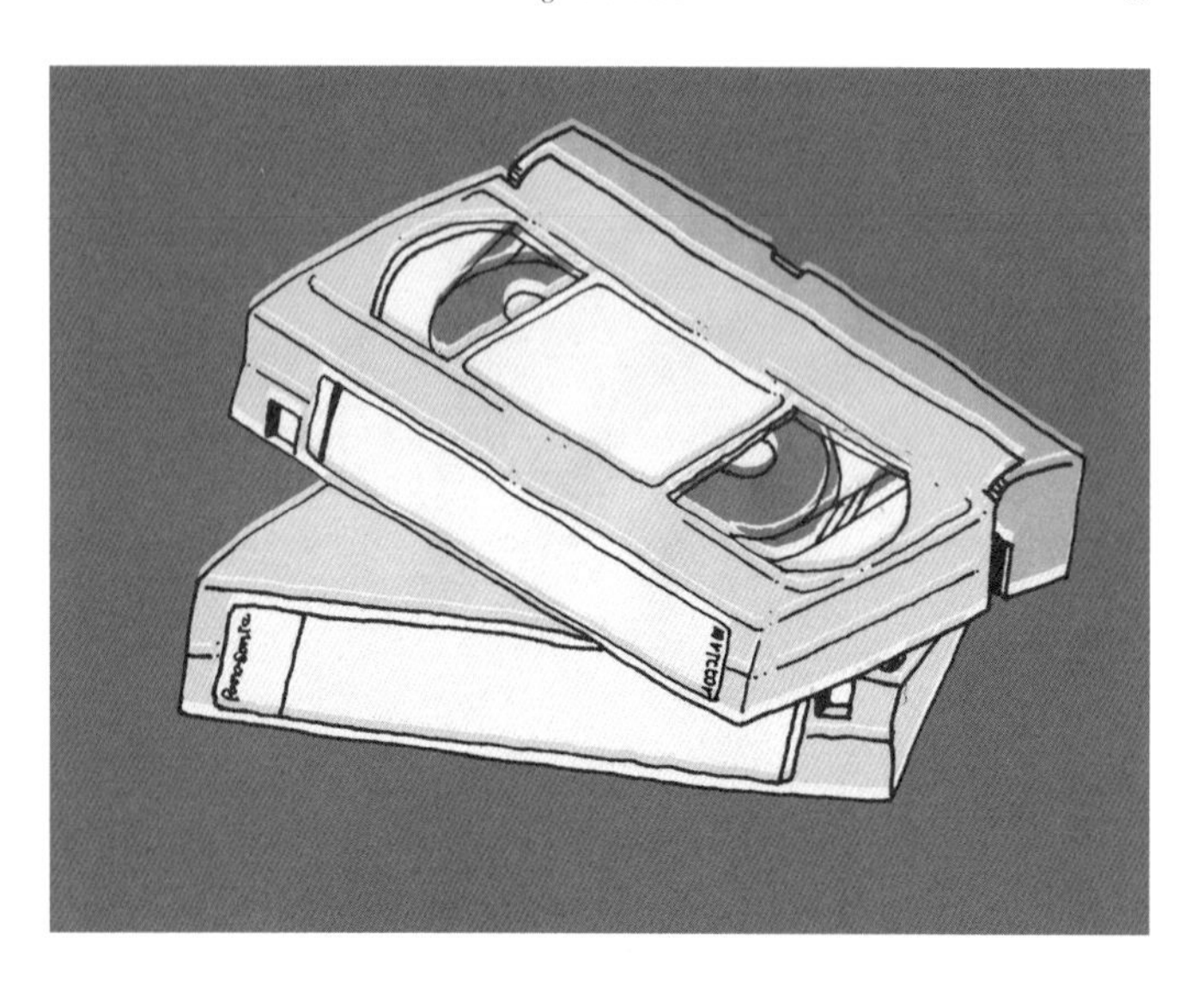

九十年代。それは俺が一番多感で一番いろいろなことを吸収し、経験した年代。そう、すべてが新しく、毎日が特別なように感じていた。

一九九五年。今でも伝説のように語り継がれている映画『ＫＩＤＳ』が上映された。日本語字幕がついたそれは、俺たちスケーターには衝撃以上のものがあった。ハロルド・ハンターのセリフに字幕がついている。有名なニューヨークのスケートスポットがスクリーンに映っている。

今までは俺たちスケーターだけのものだと思っていたコトやモノが一気に外に溢れ出しメジャーになっていく感じがして、ちょっと寂しいような感覚に襲われた。

しかしそれと同時に、どこかホッとしたというか、ニューヨークの有名なスケーターたちも、日本にいる俺たちみたいなスケーターとなんら変わりのない生活を送っているんだと知って安心したし嬉しかった。

『ＫＩＤＳ』が上映されてから一年くらいが経った。俺たちの日常は何の変化もなく、スケートボードをしてはフードコートに溜まってダベったり、溜まり場になっていた市営住宅に住むカイの部屋で、意味もなく平日から男女数人で酒を飲んで朝を迎えたりしていた。

そんな中、ビデオ発売された『ＫＩＤＳ』の、ダビングを繰り返されたものを久しぶりに観た。まぁ観たというよりも、溜まり場の部屋のテレビから流れていたというほうが近い。音量は消音状態だったから、誰かがＤＪの練習をしているターンテーブルの音とちぐはぐにその映像は流れていた。

別にこれといってすることもなかった俺は、何度か観て覚えている画面に映るシーンを眺めていた。

「それ面白いの？　どんな映画？」

マナが声をかけてきた。正直、この部屋に遊びに来ている娘が『ＫＩＤＳ』を知らないことにビックリした。

俺は必要以上に細かく、とくにハロルドが夜のプールで白いトランクス一枚の姿で腰を振るシーンを、軽くジェスチャーをつけて説明していた。

「ふ〜ん」と、俺が説明する内容にはあまり興味なさそうにマナは映像を見ていた。

マナは、別にこれといった魅力があるワケでもなかったが、よく見ると思いのほかグラマーな体つきをしていてムラムラときた。

閉じている脚は、ちょっと力を抜いたらパンツが見えそうな丈のスリットが入ったデニムのスカートという、その当時は掃いて捨てるほどいたコギャルファッションに身を包んでいた。

俺は〝それ〟以外の理由が見付からないくらいムラムラきていた。

若い男ってヤツは本当に単純だ。ムラムラしてきちゃえばそれでいいんだ。理由なんてないも同然だ。

ちょうど画面は、さっき俺が説明した、ハロルドたちがプールに入るシーンになっていた。するとマナは、「ヤダ！　チョー楽しそう！」と目を輝かせて言った。

その言葉をすかさず拾ったのはこの部屋の主だった。

「おッ、じゃあ今から夜プー行くか？」

「夜プーって何？」

「夜のプー太郎だよ！　俺らみたいな！」

カイの返しにみんなが笑った。

「いやいや、夜の小学校のプールに忍び込むんだよ。こんな感じに」

そう言いながらリモコンの巻き戻しのボタンを押して、さっきのハロルドのシーンをまた再生した。

「面白そう！」

もう一人のコギャル、リエがターンテーブルのラックの横で立ち上がりながら言った。

「でも水着は？」

リエがいかにも女の子っぽい質問をした。

「見てみなよこのシーン、みんな下着で泳いでるじゃん。これがアメリカだよ！

アメリカ！　ＵＳＡ！」

カイが熱く言い始めて、それに男連中が続けてコールした。

「ＵＳＡ！　ＵＳＡ！　ＵＳＡ！」

「夜中だし真っ暗だから平気だよ」

隣に座っているマナにそう言うと、気が緩んだのかちょっとパンツが見えた。

「だね！　夜プー行こう！　ＵＳＡ！　ＵＳＡ！」とマナもコールしだした。

そうなると話は早い。夏の終わりかけの退屈した雰囲気が一転して、一気に盛り上がり、近所の小学校のプールに忍び込むことになった。

静かに寝静まった住宅街を抜けて歩き、小学校のプールに着くと厳重とは言えないフェンスを登り、リエの手を引いた。

フェンスを越えるのをサポートしながら、「暗いから足元気をつけて」と、そのままプールサイドまで手を繋いで歩いた。手を繋いでいるのはさっきまで隣に座っていたグラマーなマナではなかったが、別にそんなことはどうでもよかった。

プールサイドに着くと先に入っていた数人の男がパンツ一丁でハロルドのプールサイドでのワンシーンをマネして腰を振っていた。


「さっきの黒人さんみたいにサイズないから迫力ないねー」

女の子たちが軽く笑い飛ばしていた。

「USA！　USA！　USA！」

またしてもナゾのUSAコールで返す男たちの顔が妙にニヤけていた。

プールサイドの暗がりで、グラマーなマナが一気にTシャツを脱いでデニムスカートにブラジャーだけになった。みんなそれに釘付けでUSAコールをしていた。


そんなやりとりを横目に、隙をついて手を繋いでいたリエを、校舎とプールの更衣室との間の路地に連れて行った。

「ここで脱いでプールに行こうよ」

リエの服に手を掛け、顔が近づいたタイミングで軽くキスをした。二人ともTシャツを脱ぎ、また無言のままキスをした。

もうプールなんてどうでもよくなっていた。


遠くでプールに飛び込む音がして、一人が「静かにしろよ！　通報入ったらヤベーだろ！」と小さく怒鳴るような声が聞こえた。それからはチャプチャプと穏やかな水音しか聞こえてこなくなったが、時たまＵＳＡコールが聞こえた。


俺たちはもう誰も邪魔が入らないことを確信して舌を絡めていた。

わずかに差し込む月明かりを頼りに、リエのホットパンツを脱がし、薄いピンクのパンティーの正面に付いている小さなリボンを目印にそっと手を滑り込ませた。若さに身を任せ、お互いの体を弄りあった。

俺は、そろそろ、という感じで、リエのパンティーを脱がそうとした。

「ダメ、ゴムなくない？」とリエが言った。

ここまでしといてゴムかよと思いながら、自分の大きくなったソレを握らせたまま、「じゃあ、口でしてよ」と、自分でも信じられないくらい優しく、そしてヤラしくリエの耳元で囁いた。

「あいつら遅くね？　ぜってーヤッてるっしょ。見に行こうぜ」

プールのほうから、ヒソヒソと話している声が聞こえてきた。

ちょうど俺のソレを握り、咥えようとしていたリエは焦って手を離して立ち上がろうとした。だが俺は、こんなに暗いし見られたっていいやと思い、リエの頭をグッと押さえ付けた。

「ちょッ！　やだ！」

リエが俺の手を振りほどこうとしたそのとき、プールのほうが騒がしくなった。

「はいー、動かないでねー。通報したから応援も向かって来てるから逃げられないよー。大人しくしててねー」

呆れた口調のオッサンの声が響く。

警備員か警察が来てしまったようだ。慌ててズボンを上げた俺とリエは、息を殺してプールのほうに聞き耳を立てながら目を合わせた。

するとリエは、一瞬口の端に笑みを浮かべてキスをしてきた。もうどうなってもいいと、リエを抱き寄せ、激しく、そして静かにキスをした。


仲間は、他にも友達がいることを警察に言わないまま、簡単な事情聴取を受けて連行されていった。

仲間に恵まれた俺たちは、静かになったプールサイドを確認すると、安堵からホッとするよりも先に、お互いを求め合った。両手も広げられないような校舎と更衣室の間で、もうゴムがないなんて言っていたことなどお構いなしに後ろから体を重ねていた。

きっと、危険なことを一緒に回避したという二人だけの秘密ができたからなのか、とにかく獣のように、激しく求め合った。

空が明るくなる頃には二回目のピークを迎え、月明かりで光るリエの腰回りに射精をした。

そしてキスをしながら静かにプールに入った。

「ねぇ、すごいエッチで楽しいね」とリエは言った。

俺はまたキスをしながら「これが夜プーだ」と耳元で囁いた。

そして二人で静かに「USA！ USA！」とコールし、声には出さずに笑った。

プールサイドの水道で役目を終えたソレを間抜けな格好で洗った。リエもやはり洗いたいらしく、「ユウくん、絶対に見ないでよ」と言いながら洗い始めた。俺も女の子のそんな姿を見たくはなかったから、黙って明け始めた空を眺めていた。

心なしか昨日よりも空が高く見えた。

その後、仲間たちがどうなったのかも心配だったが、連絡を取る手段もなかったから、とりあえず近くのスーパーの駐車場に行って缶コーヒーを買った。リエにも缶コーヒーを渡した。バイト代が入る前でとにかく金がなかった俺にとっては、せめてものご馳走という気持ちで缶コーヒーを奢るくらいしかできなかった。

二人で駐車場のパーキングブロックに腰をかけて缶コーヒーを飲んだ。

「腹減ったね。とりあえずコンビニ寄ってから駅に行こっか」

そう言って駅のほうへ並んで歩いた。もう手は繋いでいなかった。


それから何日か経った頃、またいつものメンツでダベっていた。

「お前らがイチャこいてるの気付いてて、連行されてからも、署であーだこーだ聞かれたりしても誰もお前らのこと言わなかったんだからみんなに飯奢れよな！ってかお前らがヤッた回数分ファミレス奢れよな！」

あれからリエにまた会って三回したとか自慢げに言わなきゃよかったと後悔しながら、歩くにはちょっと遠い場所にあるファミレスに向かった。


ところがまぁそこはスケーターなもんだから、ちょっとしたスポットを見つけるたびに技をメイクしようと留まって滑っての繰り返しで、なかなか先へは進まない。そんなこんなで西友の駐車場の縁石を攻めていると、向かいのカラオケ屋からこの間の娘たちが出てきた。

俺たちを見つけると、リエがすぐ近くに来て、「こないだの件でカラオケ奢らされたんだけど」と笑いながら話しかけてきた。

俺も笑いながら言った。

「俺はこれからヤッた回数分ファミレス奢らされるよ」

「何それ!? ヤッた回数って!? 下品!!」

リエがそう言う途中で、西友の縁石でフェイキー・ファイブ・オーのキックフリップアウトを裏乗りして〝パーンッ〟と乾いた音が鳴り響いた。

仲間内から自然と「ヤバッ!」とか「惜しいっ!」と口々に歓声が沸いた。

俺も何かメイクしたくなり、リエとの会話も途中で、縁石へとアプローチを始めた。ちょっと技をメイクしてカッコつけたかっただけなのだろう。

リエたちは駐輪場にある誰のかわからない原チャリに腰をかけたりしながら、スケートボードを見るわけでもなしにその場にいた。

俺たちはというと、女の子たちがいるということでいつもよりちょっと張り切って技にトライしていた。きっとどんなにヤバい技をメイクしたとしてもわかってもらえないのに、とにかくヤバい技をメイクしに狙っていた。しかし、これといった山場もないまま警備員に注意されてセッションは終わった。

女の子が見ていたことで勝手にテンションの上がったまま、つまらなそうにしている女の子たちの機嫌を伺いにいった。

カイが俺を指差した。

「こないだの一件で、ユウがヤッた回数分、俺らにファミレスを奢るってなってるから一緒に行こうぜ」といきなり直球で誘った。

それを聞いたミカが俺を見ながら爆笑した。

「え⁉　何回もヤッてん？　あの状況で？　マジでウケる‼」

ミカは背が高く、そのグループのリーダー的な女だから、とりあえずこいつの機嫌だけとっておけば他の女の子はみんな流されるに決まっている。俺はそう踏んで、一瞬ムッとした感情を抑えた。

「そうなんだよね。なんていうか野性的な何かみたいな感じというか、危機感を乗り越えた的な感じで生命のなんていうか、とにかく生き抜く力みたいのが込み上げちゃってね！」と、リエの肩を抱いて冗談ぽく笑って見せた。

「バカじゃん！」とリーダー格のミカが言うと、みんなが笑った。

リエだけは周りに合わせるように笑ってはいたが、目の奥が笑っていなかった。

俺はリエの機嫌をとりながらみんなで歩いてファミレスへ向かった。

「あぁ、この人数じゃ先週入った基地内の草刈りバイトの給料が全部吹っ飛ぶな」なんてことを気にしながら、まぁ今夜もリエとヤレそうだしいいかなと思い、ファミレスに入りメニューを見た。

「お！　リブステーキにブラウニーサンデーつけちゃお！」

恐ろしい注文をしようとしている仲間の声にビビりながら、具体的に俺らが何回どうヤッたのかという質問攻めにならないように話題を回避しつつ、謎な緊張感に包まれる中、食事が出揃った。

リエは意外と大人しいタイプでこれといって何も言わずにパフェを食べていた。いったいこの子は何を考えているのかまったくわからなかった。同世代の異性から好奇な視線で質問されている姿がすごくかわいそうに見えてきた。原因は全部俺にあるのだけれど。

俺はそっとリエに声をかけた。

「平気？　なんかごめんね…」

リエが返事をした。

「平気だよ。慣れてるし」

〝慣れてる〟ってなんだよ。

要するに俺とヤッたようなことに慣れてるってワケか？　俺はワケがわからなくなった。そこから先は、ガキだった俺にはどうしたらいいのか、どう振る舞うのが最善なのかなんて考える余裕もなく、ただ時間が過ぎていった。

ファミレスの会計を済ませると、みんなはいつも通り、溜まり場になっていたカイの部屋に、映画のビデオを観にいくと言っていた。

ただ俺は、無性にリエと一緒にいる空間がイヤになり、「帰るわ」とだけ言い残し、もうとっくに終電がなくなっている駅のほうへとプッシュした。

そしていつ着くかわからない家路を、ひたすらプッシュし続けた。

ジイ

THANK YOU
HAVE A NICE DAY

「オナニー」を辞書で調べると大体こう書いてある。

（旧約聖書「創世記」中の人物オナン（Onan）の名による）自慰、手淫。『広辞苑第六版（二〇〇八）』

自慰とか手淫って言葉の響きが後ろめたくて、陰湿な感じで、あまり表に出しちゃいけないような輪郭の言葉だ。

初めてグラスファイバー製のスケートボードでダウンヒルをした日から二年近くが経った頃、ようやくちょこっとオーリーができるようになっていた。オーリーを知るまでに一年、本物のコンプリートを買ってもらうまでに一年と数ヶ月、オーリーを毎日練習すること数ヶ月。ようやくオーリーができた。

そのときの達成感というか恍惚感とでもいうべきものは、なんとも言い難いものがあったのを、はっきりと覚えている。小学六年のときだった。簡単に言うと忘れられない初恋みたいなものだ。

本格的にスケートボードを始めていた近所の友達二、三人もオーリーができるようになっていて、よく一緒に練習をしていた。何人かでやると上達も速く楽しさも倍増だった。

そうして、それなりにスケートボードに乗り慣れてきた頃、葉山公園に年上のうまい人たちがいるという噂を嗅ぎつけ、週末に行ってみることにした。

「こんな近所に、こんなにカッコよくてスケートボードがうまい人たちがいたとは」

これが最初に受けたイメージだった。まさに俺の中の〝アメリカ〟がそこにあった。自分たちで作ったジャンプランプを運んできて、みんなで飛び始め、タバコを吸ったりダベったりと、まさにビデオ『アニマル・チン』から飛び出てきたような人がたくさんいた。俺たちは端っこでデッキの上に座って見ていることしかできなかった。まったくもって混ざれるような雰囲気ではなかったのだ。

「ちょっとさ、怖くない？　混ぜてもらうなんて無理じゃない？」

コウちゃんが小声で言った。

俺は無言で頷いてからこう言った。

「でもさ、見たことないような技やってるし、見てるだけでもよくね？」

コウちゃんも無言で頷いた。そうして一時間くらいうまい人たちを見てから家の近所のいつものスポットに戻った。

そこでさっき見たトリックを、見よう見まねで練習した。そんなことを数週間繰り返していたら、とうとう声をかけられた。

「最近よく来てるよね？　滑りたきゃ滑りなよ。何か技できるの？」

小六から見た中学二、三年なんてチョー年上だしチョー怖かった。でもせっかく声をかけてくれたのだ。恐る恐る「オーリーくらいしかできないけどジャンプランプやってみたいです」と言ったら、意外にもジャンプランプを使うときの初歩的なことをいろいろと優しく教えてくれた。

思っていたより怖い人たちではなかった。ランプでフェイキーとかキックターンを何回もやれ、とにかくRに慣れろ。そう教えてもらい、名前や住んでいるところなども聞かれた。そしてこの葉山公園でスケートボードをするときのローカルルールも教えてくれて毎週末通うようになった。

今までビデオでしか観ていなかった高いしっかりとしたオーリーやジャンプランプでのメソッドエアー、ジュードーエアーなんかを目の前で見せてもらえたりしてすっかりスケートボードの魅力に取り憑かれていった。うまい中学生グループがまだ来ない午前中から行って、なけなしの小遣いで昼過ぎにカップラーメンを食べ、そして暗くなるまで滑り倒したりもした。

まだ技の形にはならないがジャンプランプもバックサイドグラブで飛べるようになってきた。そしていつものように緊張しながら中学生グループと話していた。

「お前ら小六かー。毎日オナニーしてんだろ！」

周りが大爆笑になった。

ちょっとは知っていたがやったことがなかった俺は、話の輪に入りたい一心で小さい声で答えた。

「知らないです。聞いたことはありますが、とにかくやり方とか…」

みんなが大爆笑して、その中でも面白いカトウくんがバッグからエロ本を取り出して、おもむろに数ページ丁寧に破いて渡してきた。そしてジミー大西ばりのジェスチャー付きでやり方を説明してくれ、「ティッシュは十枚くらいは用意しろよ！」と言ってまたみんなが爆笑した。その背後では江ノ島をバックに綺麗な夕陽が沈み始めていた。

その夜、俺は教えてもらった通り、飛び散らないようにティッシュを用意して夕方にもらったエロ本の数ページを見ながら、生まれて初めての射精をした。すごい快感を感じた直後に、すごい虚しさが襲ってきて怖くなった。世間から見たら不良な中学生スケーターの先輩に教わったことだから、これはかなりやってはいけないヤバいことなのではないかと思った。

だが、それから毎日オナニーをした。それまで必死に覚えたくて覚えたくて練習しまくっていたオーリーのようにオナニーをした。

学校が終わるとスケートボードをしに行き、帰ってきたらオナニーという毎日だった。バレンタインに気になる娘に放課後呼び出されてチョコをもらっても、ラブレターみたいなものをもらっても、その娘が「スケートボードしているところ見に行きたい」とねだってきた日でも、俺は学校から帰ってすぐにスケートボードをしに行き、夜にはオナニーをしていた。

今思えば、俺が〝スケーター〟になれた日というのは、初めてオーリーができた日というよりも、初めてオナニーをした日だったような気がする。オナニーを覚える前にオーリーを覚えた子どもは、まだスケーターではなかったのだ。

自我が形成されていく中で、自分が何者であるのか？　何をしていくのか？　何がしたいのか？　そういうものが漠然と見えてくる年齢というのがある。

そのときにハマっているものに熱中し、さまざまなことを吸収していく少年が、一気に青年へとなっていくそのとき、俺はスケートボードにドハマりしていたのだ。それが音楽の人もいるし、スポーツ、または勉強だった人もいるのだと思う。

要するに、初めての射精やオナニーのときにハマっていたものは、一生モノの付き合いになるのではないかということだ。これは持論ではあるが、きっと本質を捉えているような気がする。

まぁ、多かれ少なかれ違いはあると思うが、俺はみんなの生きてきた道を、失礼だが勝手にそう判断している。

スケートボードはオナニーだ。

スケートボードを三十年以上やってきて、改めてそう思うようになってきた。一人で快感を得られるもの。一人でもできるもの。

そこらへんの場末のコールガールみたいな言い方をすれば、何人もの人が俺のスケートボード人生を通り過ぎていった。

その時どきで、スケートボードを一緒に嗜むメンツも移り変わっていった。歳をとると、やめてしまう者や距離を置く者も増えていく。そこに残るのは虚しさや悲しさだけだ。

時どき、「何のためにやっているんだろうか？」と頭をよぎることもあるが、すぐさま答えは「自分のため」と出るようになってきた。それはスケートボードでもオナニーでもそうだ。虚しさや悲しさは、後に必ず何かしら自分のためになると勝手に信じている。そうでも考えなきゃ三十年以上もやってきて、今では仕事にも繋がっているのだからバツが悪い。

周りの旧友たちは、一周か二周してまたスケートボードに戻ってきたりもしている。子育ても仕事も一段落して、その環境に適応してそれぞれのスケートボードライフを楽しんでいる。

ずっとスケートボードを続けてきた俺みたいな人間からしたら、懐かしい面々だし嬉しいし楽しい。でも、俺にとってのスケートボードはオナニーなわけだから、ちょっと複雑だ。

青春を共にしたスケーターたちは家庭もあり子どももいて仕事も順調だ。だからこそ週末の昼間にスケートパークに滑りにいけるワケだ。まさに幸せの象徴だ。それに引き換え、俺は当時と変わらない生活でダラダラとスケートボードを続けている。時折その人生の差に愕然とする。まるでスケートボードという個室にずっと引き篭もってオナニーに耽ってきたようだ。

そんなふうに自分なりのスケートボードを続けている間に、いつの間にかスケートボードがオリンピック競技に決定した。きっとこれからはしっかりとしたスポンサー、ギャラリー、ファンなんかもついて、「スケートボードはオナニーだ」なんて言う人はいなくなるのだろう。爽やかに健全にスポーティーでクリーンなイメージにでもなっていくのかもしれない。

でもそんなのは関係なく、やっぱり俺にとってスケートボードはオナニーだ。きっと言葉に出さないだけで、そう思っているオジさんスケーターも多いはずだと思っている。〝玄人〟や〝職人〟と呼ばれるようなスケートボードさばきを魅せるスケーターはとくに、内心そう思っているに違いない。

「スケートボードはオナニーだ」。

エレベーターホール

二〇〇一年九月十一日。うだるような晩夏の夜風の中、横浜の多国籍料理屋のテラス席で、まだ数えるくらいしかデートを重ねていない彼女と、東南アジア産のビールを飲んでいた。

そのときトイレに立ったはずの彼女が、すごく驚いた表情で慌てて席に戻ってきた——。

その年の夏。毎週金曜日の夜になると、俺は本郷三丁目にあった『WHEEL』編集部のホワイトボードにある「社用車使用欄」に、〝金曜夜～月曜朝、現場調査〟などともっともらしいことを記入して社用車を使いまくっていた。

『WHEEL』はスケートボードの専門誌だったし、自分は九十年代はAJSAのプロだったこともあったから、会社ではそのポジションに甘え、さらに二十代前半の勢いに任せて、「イケてるスケーターを調査してくる！」だとか、「スケートボードは現場っしょ！」などと勝手な理由をいくらでもつけていた。

昨年と同様に、辻堂の「スプートニク」に毎週末のように入り浸っていた。そこは海の家でありながら、ミニランプやボウルでスケートボードもできるし、DJもいるし、お酒も飲める。そして何よりも可愛い娘がたくさんいた。そして週末ともなると空が明るくなっても音楽は止まずにパーティーは続いていた。とにかく今では考えられないくらいに何もかもが緩い時代だった。

例によっていつものメンツと乾杯をして、ビーチにあるミニランプで軽くスケートボードをしてから、スケシューも靴下も脱いでスケートセクションの近くにデッキと一緒に放り出す。ズボンのポケットに携帯電話と車のキー、それといくらかの現金が入っているのを確認し、DJの音に合わせて知ったような感じでダサいダンスを踊って砂浜をフラフラしていた。

バーカウンターには、いつもの競泳水着に革のウエストポーチ姿で女の子にお酒を奢りまくるオジさんがいて、週末の始まりを感じさせてくれた。知った顔の面々と談笑しつつ、来ている可愛い娘をそれとなくチェックする。時刻は二十四時を回っていた。夏の夜は短い。すぐに朝日が昇ってきて現実を突きつけてくる。

ためらっている時間なんてない。俺は意を決して、そのとき話していたスケーター仲間のタカハシと酒を買う流れで、バーカウンターの前にいるチェックしていた娘に声をかけた。

「どこから来てるのー？」

ありきたりな言葉だったが、夜の海辺の雰囲気がなんとかしてくれると思った。

「ニューヨークから！」

流暢な日本語で返答してきたその娘は、近づくとパッと見でミックスだとわかった。

「じゃあ、ハロルド知ってる？　シュプリームの前にしょっちゅういる」と、ニューヨークの話題を頑張ってしてみることにした。すると、「知ってるよ！　ブラックのでしょ？　よく見かける。友達なの？」と普通に答えが返ってきて驚いた。

「いや、スケートボードのビデオとかで観ててカッケーなって思ってて」

「え？　カッコイイ？　あなたゲイ？」

と聞かれて大爆笑してしまった。


マキという名前の娘だった。俺はそのままなんとなくスケートボード絡みの話をしながら、波打ち際あたりまで歩き、一緒にオリオン座を見ていた。

中二病ヨロシクな俺は、オリオン座の並びとエジプトのピラミッドの関係性から、その当時人気だったスケシューブランドのオサイラスの話なんかも交え、「日本語通じてよかったよー。今日来てからずっと目で追ってたからさ、可愛いなーって」と改めて伝えた。

「私も見てたよ。チョー笑顔でスケボーしてるなーって」

こんな可愛い娘は見たことないってぐらいの笑顔でそう言われて、一気に恋に落ちた。

そのままマキの友達も交えて乾杯したり話をしたりしていたら、あっという間に空が明るくなってきた。朝の潮風になびく髪をかき上げているマキの横顔は、ため息が出るくらい綺麗だった。

「いつまで日本にいるの？」

「昨日来たからあと十四日かな？　日付が変わったから十三日かな？」

あと二週間しか日本にいないのかと、残念な気持ちと諦めの念が湧いてきた。

そして俺は、連絡先の交換も次の約束もできないまま、車を停めている路地までみんなで歩いてきていた。マキの友達の車も近くの駐車場に停めてあり、俺の社用車を見て爆笑した。

「何これ！　ステッカーすごッ!!」

たしかにスケートボードブランドのステッカーが車の右側面と後ろにかけてスゴい勢いで貼られていた。そのまま鍵を開けて車内も見せた。「何これー!!　すごい!!　汚ッ!!」とまた驚かれた。

車内の天井はところ狭しと、来日した数々のプロスケーターのサインと落書きで埋め尽くされていたからだ。

「いや、これ俺の車じゃなくて会社の車なんだよ」

「え!?　会社の車？　これが!?」とまた爆笑された。

そりゃそうだ。社用車がこのありさまってどんな会社だよな。っていうか、この車で書店回りとか取次さんとの打ち合わせに行ってる営業さんに申し訳ない気持ちになった。

「スケートボード専門誌の編集員をしていて、それで来日したプロたちにこんなにされたんだよ」と後ろの座席に転がっていた一冊を広げて「ほら、こんな感じで」と、キース・ハフナゲルが歩道のバンクから乗用車を飛び越えている写真を見せた。

そして『WHEEL』一冊とステッカーを渡した。

「またねー」と爽やかにバイバイして、助手席にタカハシを乗せて車を走らせた。「いい感じだったじゃん。連絡先交換したでしょ？」と聞かれ、俺は首を横に振った。「え？　マジで？　何やってんの？　俺はお前が連絡先交換してるもんだと思って、友達の娘に『来週また遊ぼうね！　あいつから連絡行くと思うし』って言っちゃったじゃん」。「何それ？　俺はてっきりお前が!!」と、お互いに何やってんだよオマエってムードのまま、国道１３４号を海を右手に見ながら車を走らせていた。江ノ島を過ぎたあたりの交差点の信号で止まると、ＪＲ藤沢駅方面へ向かう左折レーンに並んだ車の窓越しにマキたちが見えた。

「今日は楽しかった！　またね！　連絡するね！」と俺が渡した『ＷＨＥＥＬ』を指さして窓越しに見せられた。

「目次に書いてある会社の番号に電話してね！」と、助手席のタカハシが咄嗟に答え、みんなで爆笑した。

青信号になって発車すると同時に、マキから「電話するね！　日本にいるうちにまた遊ぼうね！」と、あのとびっきりの笑顔で言われた。


そして月曜日が来た。会社で電話が鳴るたびにドキドキしていた。しかしマキからの電話はなかった。

「そりゃそうだよな。日本に来たばっかで国内で使える携帯持ってないって言ってたもんな、それに普通会社に電話かけてこないだろ、女の子が」と半ば諦め気味なまま、気がつくと水曜日になっていた。

この日は新しい『ＷＨＥＥＬ』の発売日で、渋谷のタワレコに特設コーナーができるということで、午後から行くことにしていた。

ブックコーナーは最上階にあったが、いつもその前に三階の〝ジャパレゲ〟コーナーを物色するのが常だった。「お。マイティージャムロックのVol・5が出てる。ラッキー」とレジで会計を済ませ、そろそろ上のブックコーナーに行こうかとエレベーターに向かい、扉が開いたとき、俺は息を飲んだ。

マキが乗っていたのだ。お互いに驚きを通り越して爆笑した。他にも客のいるエレベーターの中だったが、構わず声を出して笑った。

「ウケるね！　でもなんでタワレコに？」

「渋谷で買い物してて、あのスケボーの本が本当に出てるやつか確認しにタワレコに来たの」

「いやいや、ちゃんと出てるし！」

と爆笑しながら言ったが内心ヒヤっとした。これが昨日だったらまだ最新号が出てなかったからタワレコにはなかったはずだ。そう思い、神様に感謝した。

そして得意げに最新号が並んだコーナーを見せ、今回こそちゃんと連絡先を聞かなきゃと尋ねたが、「まだ日本の携帯持ってないんだよね」と、実家の電話番号を俺の携帯に入れてくれた。そして普段は行かないようなオシャレなカフェに入り、週末の約束をした。

その週末からは極力仕事を入れないようにして、会社のホワイトボードには〝現場調査〟と記入して社用車でデートをしていた。そして何回目かのデートの夜にそれは起こった――。


トイレから驚いた顔をしてテラス席に戻ってきたマキは、すぐに俺を店内へ連れていきテレビ画面を指差した。映画のワンシーンのように、飛行機がビルに突っ込む瞬間が映っていた。俺はすぐには状況が理解できなかった。彼女の顔を見ると涙が流れていた。そして、「そのビルの並びに働いてる会社があるの」と言った。

俺は観ている映像が現実であり、今ニューヨークで何が起きているのかを理解した。彼女を優しく抱きしめ、テレビが観られる席へと移動すると、店員がおしぼりとお水を持ってきてくれた。そして手を繋ぎながら祈るように二人で観ていた。

ちょっと落ち着いてから、彼女は近くの公衆電話で国際電話をかけた。しかし会社や現地の友人は誰も繋がらないようだった。それから都内の実家にかけ、お母さんと話したマキは、俺に気を遣ったのか笑顔を見せてくれた。

車に戻り、「家に送るよ」と言うと、マキは「帰りたくない。一緒にいて」と言いキスをした。

その夜、初めてマキと体を重ねた。死に直面し、二人は生きていることを確認するかのように抱き合った。今までのことをすべて忘れてしまうくらい夢中に。

朝が来てテレビをつけたが、どのチャンネルもあの事件の映像ばかり流していた。いまだに信じられないような感じで、すごく寂しい表情で画面を見ているマキの横顔を見て、不謹慎だがすごく綺麗だと思った。

俺が見ていることに気付くと、また気を遣ったのか笑顔を見せてくれた。「お昼どうする？　中華街行かない？」と。

その日、俺は会社を休んだ。今このとき、ニューヨークではなく日本にいることがマキにとっては非日常なのか、よく笑い、たくさん話をしてくれた。

夕方に社用車を会社へ戻す間、マキは近くのコンビニで待っていた。車を停め、すぐに彼女のもとへ戻らなきゃとダッシュで向かう途中、赤信号の向こうで雑誌を読むでもなく遠くを見つめるかのように寂しそうにしているマキの姿が見えた。

とにかくなんて声をかけたらよいかわからないまま手を繋いで繁華街に出た。街の雑踏がこんなにも心地よく無言の二人を包み込んでくれるとは思ってもいなかった。アメ横を抜けて安居酒屋に入ってビールを飲んだ。その日もラブホテルに泊まった。犯罪者のカップルがモーテルを渡り歩くような映画があったが、なんだかそんな感じだった。不安と悲しみを受け入れないように、現実を忘れたいかのように抱き合った。一人でいるのが不安でしょうがなかったのかもしれない。ただそれが愛とか恋っていう感情に近かったのかもしれない。とにかく二人は何度もセックスをした。

マキの職場の状況や空港の具合などから、マキがニューヨークに帰国するのが一週間延びた。俺は、不謹慎だがまだ一緒に居られることを内心喜んだ。仕事以外の時間はずっと彼女と過ごした。彼女のお母さんにも会って話をした。短い間にすごく濃密な時間を過ごし、一切スケートボードをしない三週間が過ぎていった。あっという間に時は経ち、俺は空港へ向かう彼女を見送っていた。「すぐニューヨークに行くよ」と、軽くキスをして別れた。またすぐに会えると思っていた。

三週間くらい仕事をサボっていたツケが回り、次号の発行に向けて忙しさが本当に目が回るくらいになって徹夜の日々が続いた。

しかし俺は明け方の始発後、会社から誰もいなくなった編集部が好きだった。なぜかというと会社の電話から海外にいるフォトグラファーと連絡を取るという嘘の理由をつけ、ニューヨークに住むマキに電話をしていたからだ。ささやかな幸せがそこにはあったが、電話で話すだけでは若かった俺には物足りなかった。遠距離恋愛になってひと月も経たないうちに、「ニューヨークに住もうかな?」と俺が言った。すると彼女は、「何するの? ウエイター?」と言った。たしかにニューヨークに行ってもすることがない。ただマキと一緒にいたいだけだった。

「何もないならニューヨークには来ないほうがいいよ」

そう彼女に言われて、俺は「スケートボードをしたい」としか言えなかった。まるで答えになっていなかった。それがきっかけだったのかは定かではないが、二人の間に距離を感じ始め、滅多に会えないからという理由で別れることになった。いたって普通。自然な流れだ。

それから五年が経った。俺はまだ少しマキのことを引きずったまま適当に遊び歩いていた。まだSNSもなかった時代だから、お互いの動向はまったくわからないまま月日は流れていた。

その頃の俺は編集部を辞め、恵比寿ガーデンプレイス内のオフィスに勤めていた。ランチに出ようとエレベーターで一階に降りた。iPodからちょうどKEN-Uの『YURENAGARA』が流れ始めていた。『～テキーラの香りが～』と好きなフレーズが流れ、鼻歌交じりでいたらエレベーターのドアが開いた。その瞬間俺は目を疑った。あのマキがエレベーターホールにいたのだ。

お互いに驚き、そのまま簡単に近況を報告し合った。なんでも同じオフィスタワーにある違う会社で働いているというのだ。

「これはもう運命だ」と思い、俺はディナーに誘った。しかし左手の薬指の指輪を見せられ、「向こうで日本の人と結婚して戻ってきたの。ディナーは無理だけどランチなら大丈夫だから連絡して」と、会社の名刺を渡された。

「結婚したのか」とショックを隠しきれない俺に、「まだ、スケボーしてるの？」と彼女は聞いてきた。

「ああ、まだしてるよ」と俺は精一杯の笑顔を見せて答えた。

「よかった」と彼女は言い、初めて会ったときのような笑顔を見せて、エレベーターへと消えていった。そしてもらった名刺に目をやると、知らない名字が綴られていた。

ムラブス

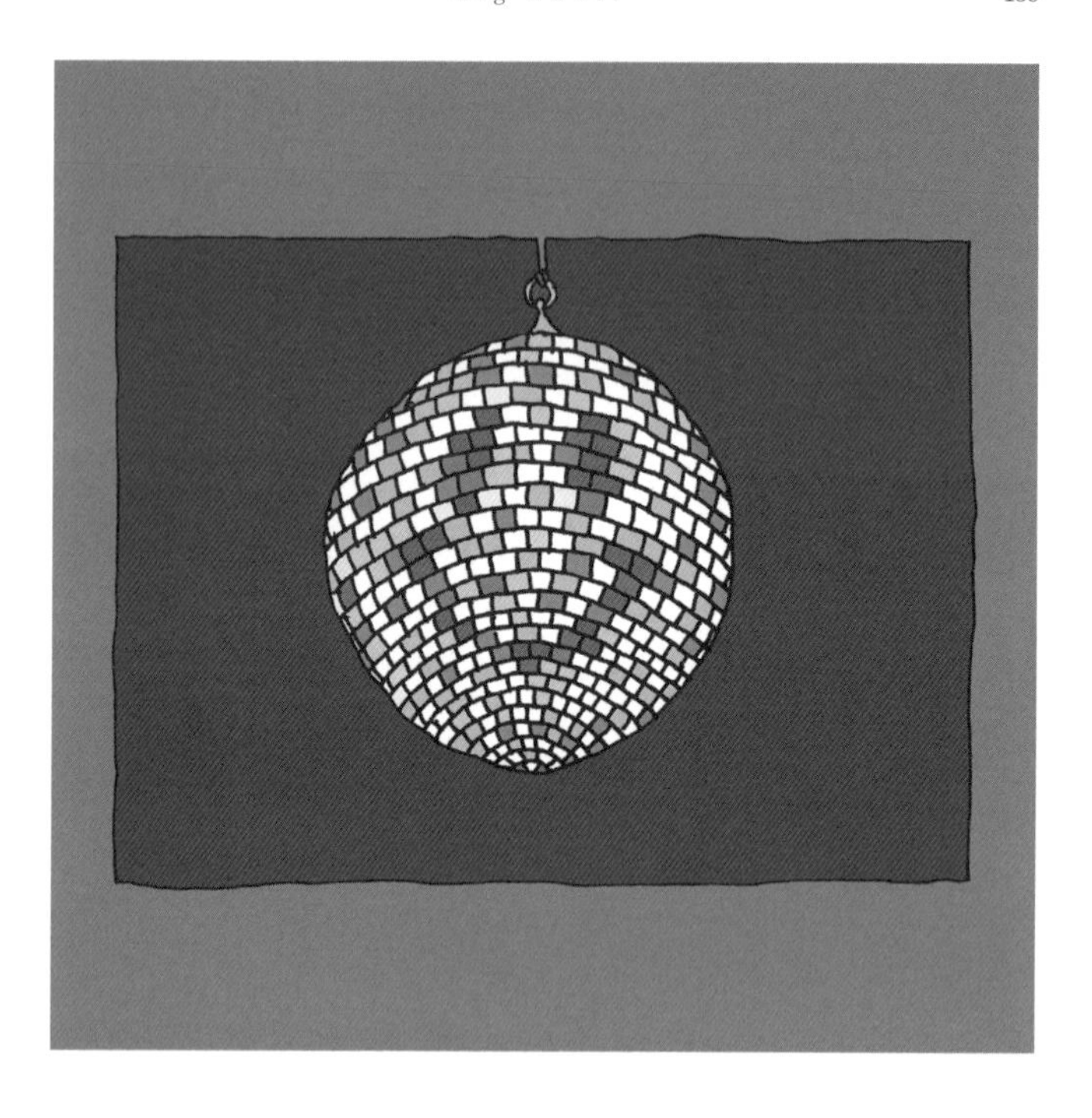

「三十歳になったらスケートボードなんかしていない」

一番スケートボードをしていた十代後半のときにはそう思っていたが、三十歳に手がかかり始めた俺は、相変わらずスケートボードばかりしていた。とくに週末は、仲間とローカルなＤＶＤを発売するためにスケートボードの撮影に明け暮れ、文字通り日暮れからスケートボードをして明け方にはクラブに流れ込むといった生活を、飽きもせず毎週末繰り返していた。

仕事を終え、金曜の夜から撮影に参加するのがここ最近のルーティンだ。映像のパートを受け持つメンバーとほぼ毎週末一緒に行動していた。デッキとスケシューはフィルマーのコバの車の中に入れっぱなしだ。そのおかげで着替え一式さえ持って行けばすぐにスケートボードができた。

俺が一番最後に撮影場所に到着すると、港の見える丘公園のフランス山の奥からジェネレーターの音がして縁石が照らし出されていた。場所が場所だけに、本当に許可をもらって映画の撮影でもしているかのように見えて、通報など入らずに長い時間スケートボードをすることができた。

撮影をしているスポットの邪魔にならないように公園内に入っていくと、緩くラウンドした縁石にハーフキャブKをしてから力強いプッシュを二回し、その先の十段ステアでキックフリップをするラインにトライしている汗ダクのデミが目に入った。

同時に俺が来たことに気付いたのか、良いところを見せようと確実に乗りにいく勢いでステアを飛んだ。

〝ズッサーーーーッッ〟。

すごい音とともに乗りゴケをしたデミが「アーーーッ！　クソッッー‼」と声をあげながら立ち上がる。その場にいたみんなが、デミに拳を合わせ「チョー惜しいッ！」とか「次っしょッ！」と声をかける。それを見ながら近づき、俺もみんなと拳を合わせる。ようやく週末が来た感じがした。

コバから車の鍵を受け取り、デッキとスケシューを取りに行く。ちょうど元町中華街駅からベイホールに行く女の子たちが歩いていたりするから、なんとなく声をかけてみたりする。そう、よくある感じで。

「今、上で撮影してるからコンビニでお酒買って見に来なよ！」とか、「明け方にベイホールで会ったら送らせて！　ほら、俺、車だから！」と、勝手にコバの自慢の四駆を自分のモノかのように話したりしながらスケシューに履き替える。

そうこうしていたら、三番目くらいに声をかけた二人組が反応してきた。

「スケボーの撮影？　飛んだりするの？」ってな具合だ。

「そうそう、チョー飛ぶから！　そこのファミマでお酒買って行こう！　小一時間くらいさ！」

水やビールを女の子たちと撮影中のメンツの分も買い込んで戻った。

真剣に撮影している側からしたら迷惑だから、飲み物の差し入れだけして、少し離れた場所から撮影を見守りつつ、女の子たちに自己紹介をしたりスケボーの説明をしたりしながら乾杯する。

そんなこんなしていたら、さっきのラインをデミがメイクして歓声が上がった。女の子たちも興奮気味に「階段飛んだよ！　すごい‼ってか、あのお兄さんイケメンじゃない⁉」と口々にはしゃいでいた。

撮れた映像を確認するための輪に女の子たちもスムースインさせ、ウルトラフィッシュアイのレンズで今撮れたての映像を、ソニー製のＶＸ１０００の小さい画面で確認する。そこでまた歓声が上がりみんなが拳を合わせる。そこで汗ダクのデミが女の子たちに、「ちょ、ちょうだい」と言って、飲みかけのビールをもらい一気に飲み干す。今メイクしたばかりのデミが、ミケランジェロの彫刻ばりの上半身裸の肉体美で、ネックレスから汗をしたたらせながらビールを飲み干し、女の子たちに声をかける。「オネーチャン、どうだった⁉　ヤバかった⁉」って。女の子たちも目がハートで「うん！　カッコよかった！」と。もうこりゃメロメロだ。

そんな中、俺がふざけて、「ねぇ！　右側のカワイコちゃん！　俺が今のやつ一回でメイクしたら今夜俺とどう？」とか言って、できもしないのにステアに猛プッシュで突っ込んで行く。フィルマーのコバが無言でVX１０００をステア横で構えて俺のほうに向けた。フィッシュアイレンズの上で赤いRECランプが光った。

「マジか、飛ばなきゃダメなやつか、こりゃ⁉」とコンマ一秒頭をよぎったが、いきなり十段をキックフリップでなんて俺には無理ってみんなわかってるはずだ。

ステアの手前で勢いよくテールを擦って止まり、「キャント・ドゥーイング！キャント・ドゥーイング！　アー！」と、一九九二年にリリースされたプランBの名作『クエスチョナブル』で、パット・ダフィーのパートの最初に出てきてハンドレールに入るのを怖がっている人のマネをした。元ネタをわかっているのは数人しかいないが、みんな爆笑してくれて何とかステアを飛ばないで済んだ。

そして次は、ちゃんと俺がその日に撮りたいと思っていたトリックの場所で撮影の準備を始めた。

女の子たちの相手は、撮影を終えたデミや、石川町あたりを拠点に活動しているグループ〝ＯＣＢＢ〟のメンツに任せ、「シリアスに撮影の準備をしている俺って結構カッコいいだろ？」と意識して女の子たちを見るも、その姿はすでになく、みんなで酒を買い出しに行ってしまっていた。

「すぐに戻ってくるでしょ」と思いながら、俺は〝マニュアルからのナントカアウト〟を狙っていた。頭の中では、「さっさとメイクしてさっきの女の子たちと乾杯して、一緒にクラブに行ってその後は～？」とか妄想しながら撮影を開始した。

フィルマーのコバがＶＸ１０００をローアングルでえぐるように俺のフロント側から追い撮りしてくる。

「相変わらずカメラ近いなー。スゲー技術と根性だよなー」と思いながら着地に失敗するたびに飛んでいくデッキから、うまいことコバはカメラをかわしていく。

本当にスケートボードの撮影はシビアな職人技が必要で、根気と根性がいると思う。何百回トライしてようやく技が成功しても、アングルがダメだったりしたら本編には入らない。その点コバは安心だ。メイクした後に確認すると、自分では微妙だったかなと思う着地だったとしてもうまいカメラワークで誤魔化したりしてくれている。ほんのコンマ数秒の判断で行うカメラワークを見ると「やっぱりフィルマーもスケーターだよな〜」と感心してしまう。

そんなことを考えながら、とりあえずメイクすればコバのカメラワークでカッコよく撮ってくれるだろうとトライを続け、惜しいのが数回あった。

「女の子たちが戻って来てから劇的なメイクを」とか、本当にナメてるとしか言いようがない思考で撮影をしていた。それから数回トライしていたらデミたちが戻って来た。しかし女の子たちは一緒じゃなかった。

「あれ？　さっきの娘たちは？」

「もうベイホール行くってー」

ビールを飲みながらデミが言った。

テンションが下がったが、俺も手元にあったビールを飲み干して気合いを入れ直し、撮影に集中することにした。

何度かトライしていると、「これからロゴスに行く」というメンツが通りがけに顔を出して行く。「今夜はどのクラブからどのクラブへハシゴする」とか、「あのラッパーのステージは何時からだから何時までにはブリッジへ流れよう」とか、そんな話をジェネレーターの向こうでしているようだ。

俺は撮影に専念し、「クラブに行く時間が遅れないように早くメイクしなくては！」という、スケーターらしからぬ目標を立ててトライしていた。結局五十〜六十回トライしてようやくメイクした。時計は午前一時半を過ぎていた。待ちくたびれた面々と映像チェックをして、コバのカメラワークに救われたトリックを見て「まぁ、こんなもんでしょ‼」と拳を合わせ、急いで身支度をした。

デッキとスケシューをまたコバの車に入れ、Tシャツを着替え、ハイボールを買ってみんなと乾杯しながら、元町商店街を石川町方面へと足早にロゴスへ向かった。

一緒に滑っていたジョウフが、「そういえばブリッジで三時くらいからDABO

くんのライブだから、それまでにはそっち行こうぜー」と言うか言わないかのうちに、俺とデミは、「拍手喝采～♪　拍手喝采～♪」と口ずさんで今日の撮影の結果をお互いに讃え合った。

ロゴスに入ると、先に入っていたＯＣＢＢの面々がバーカウンターの前を陣取っていつもの週末な感じに仕上がっていた。出遅れた俺たちも〝駆け付けテキーラ〟をし、可愛い娘はいないかとバーカウンターから物色しながら、50 ＣＥＮＴの『ＩＮＤＡ ＣＬＵＢ』が鳴り響くフロアの暗がりに紛れ込んでいった。

ＤＪブースに向かって右前あたりが、ＯＣＢＢのオブちゃんとかミノルの定位置だ。今夜もダンサー顔負けなステップで、ご機嫌にフロアにいるのを確認した。するとほ小柄な娘が俺にぶつかってきた。早くもヨレた足取りで俺の肩に酒をかけ、ゴメンも言わずにバーカウンターのほうへと消えていった。

「なんだよあの女！」と一瞬思ったが、結構グラマーで愛嬌のある感じがするムラブス（ムラっとくるブサイク）だったから、「とりあえず次あったらお仕置きだな」と、怒りをエロな思考へと切り替え、フロアの奥に行ってオブちゃんとミノルと乾杯をした。

何回かテキーラで乾杯したり踊ったたりしていたら、ジョウフが「DABOくんのライブ始まるからブリッジ行こうぜ！」と、飲みかけのチャイナブルー片手に来た。

フロアに散り散りになっているみんなに無言で目を合わせ、出口を顎でクイッと指しブリッジへ向かうことになった。

ロゴスのエントランスを出るときに、さっきのムラブスがバーカウンターの隅で、もろくそベロチューーしているのが見えた。

「スゲーな、あの女」と思いながら、また元町商店街をブリッジ方面へ、みんなで下世話な話をしながら歩いた。

ブリッジが入っているビルに着いた。ここはなんともいえない独特なワクワク感がある建物だ。エレベーターに乗り込むと、階を越すごとにドンドンと音が聞こえてくる。そして四階に着き、ドアが開くとエレベーターの中に熱気と爆音が入ってくる。はやる気持ちを抑え、エントランスでゲストリストとの照らし合わせをスムーズに済ませる。

フロアはすでにパンパンで、ちょうどDABOくんが『レクサスグッチ』を歌っているところだった。だいたい後ろのほうにいるのはこなれたBボーイか、ロゴスから流れてきた俺らみたいな連中ばかりだ。

パンパンなフロアのほうに何とか入っていき、バーカウンターでメキシコークを頼んだ。少し後ろの自販機横まで戻って自分のスペースを確保し、居合わせた顔見知りと乾杯をした。

するとまた後ろのエントランスのドアが開き、何気なく見た。するとさっきのムラブスが、ロゴスでキスをしていたのとは違う男と入って来た。ステージでは『拍手喝采』が始まったが、俺の近くではムラブスがまたベロチューをしていた。なぜだかわからないが気まずくなった俺は、パンパンなフロアをかき分けながらまたバーカウンターを目指した。

ちょうど曲がサビに差しかかったあたりで、バーカウンターの近くに居場所を確保した。一緒に来たメンツは前のほうに行ったのか散り散りになっていた。

俺はバーカウンターの隅から、キラキラと光るミラーボールの向こうのステージを眺めた。

「ラッパーってカッケーな。DJとマイクだけで、こんなにも人を魅了できるなんて本当にスゲーな。俺なんて一人でスケートボードしても人を魅了なんてできないもんな」と比較にならない比較をしながらステージに見入っていた。

ライブが終わり、バーカウンターが混んできて居心地が悪くなってきた。ちょっと移動しようと振り向くと、そこにはあのムラブスがいた。今度は一人だった。目が合ったのでとりあえずニコっとしたら、「お兄さんお酒ちょうだい！」と、半分ほどになっていたメキシコークを奪われた。

「なんだこの女⁉」とまた思ったが、推定Gカップはありそうな少し汗ばんだ胸の谷間に釘付けになっている自分がいた。

「しかし、けしからんなこのムラブスは」と、見れば見るほどムラムラしてくる。

さっきまでベロチューをしていた男たちの気持ちがわかってきた。ふと視線を感じ、ムラブスの背後を見ると、さっきまでベロチューしていた男がこちらの様子をうかがっていた。

トイレから戻って来たってワケだ。ちょっと気まずいなと思ったが、どうやら俺のことをこのムラブスの元々のツレか、古くからの友達か、など様子を探っているようだった。さっきのロゴスのときの男もそうだが、どうやらこのムラブスの特定の男ではないようだ。

俺は思い切ってムラブスの腰を抱く感じで近くに寄せて耳元で話しかけた。

「先週もロゴスで会ったよね？　覚えてる？」

まぁ大体ウソだが先週もロゴスにいたのはウソではない。

「うん、覚えてるよ。一緒にタクシーでロゴスからボデガ行ったじゃん」とムラブスに言われた。

マジか。あのタクシーにいたもう一人の子か。と記憶を探るが、なぜか印象に薄い。ということは、先週はこの子の友達と俺はボデガ to ラブホをメイクしたのか。ふむふむ。

「あのときの？　右側だ！　俺の右に座ってた！」

俺は当てずっぽうに右側だと言ってみた。

「そうだよ！　肩組んだときに私のおっぱい揉んだでしょ！」

ムラブスはいたずらに笑った。

きっと友達と俺がラブホテルに行ったのは知っているはずだ。まぁ、とりあえずそんなことはどうでもいい。今夜はこの娘が目の前にいるのだから。

「ごめんごめん、したらとりあえずお酒奢るよ」

バーカウンターへ向かい、俺は、このムラブスとセックスしたいと思いながらメキシコークを二杯頼み、乾杯した。そして一気にたたみかけた。

「そういえばさっきまで超キスしてなかった？　ここでもロゴスでも。っていうかさっきロゴスで俺にぶつかってお酒かけたの覚えてる？」

俺は、「お前を覚えてるし、ずっと見てたよ」という、ちょっとキモいアピールをした。

「えー！　チョー見られてた！　ってかお酒はわざとじゃないし！」とムラブス

は言った。

続けて「そういえばお兄さん名前は？」と聞いてきた。

「ユウだよ」と答えた。

「え？　私もユウ！　ユウちゃんだよ！」

飲みかけのメキシコークをバーカウンターに置き、俺の耳元に口を寄せ、ムラブスは誘ってきた。

「ねぇ、ラブホ行こうよ。イクときにお互いにユウーって言おうよ♪」

俺はあっけにとられ、返事にならず頷くだけだった。


まだキスもしていない俺が、さっきまでキスをしていた男の前をムラブスに手を引かれてエントランスを出ていく。

自分でも何が何だかわからない状況だったが、「あ、荷物、ロゴスのロッカーだ」と冷静に思い出しながら、コンビニの横にあるラブホテル「赤い靴」に入り、シャワーも浴びず、キスもせず、そのまま前戯もなしにいきなりセックスをした。

くっきりと水着の跡がついたGカップを揉みながら後ろから突いていると「ねぇ、暗くしてベッドに行こうよ」とムラブスに言われたが、俺は「ヤダね」と言い、玄関横の洗面台にバスタオルを敷き、その上にこちら向きに座らせた。そして濡れているのを再度よく確認してから挿れ直した。

深く挿れようとしたときにムラブスが「ねぇ、キスして」と言ってきたので、それも「ヤダね」といたずらっぽく笑って返し、キスをしながら深く挿れた。

ムラブスの汗ばんだ背中が鏡にくっついているのを見ながら首筋を舐めた。そしてイクときにはちゃんと、「ユウ、イクよ」とムラブスの耳元で囁いた。

セガ前

三十歳を目前に無職になった。

会社勤めに飽きたというか、大きな存在の中に自分がいられなくなった。まぁ言い訳に過ぎないが、要するに会社に勤めるのが嫌になったのだ。よくもまぁそんな理由でいきなり辞めたもんだ。とりあえず三ヶ月しのいでから失業保険をもらって半年はのんびり過ごすことにしてみた。


俺は高校生のときにAJSAのプロになり、スポンサーもついて調子に乗っていた。なんていうか、ガキなのに服とか靴とかまでスポンサーという名目でタダでもらっちゃって、ちょっと世の中をナメていたんだと思う。

十八歳から会社員として四年間設計の仕事をしたが、二十二歳から二十七歳までスケートボード業界の裏方として専門誌の編集、スケートボード関係のイベント企画、その後にスケートボードのアパレルブランドの企画と仕事をしてきて、その後一年間フリーランスで活動をしたがうまくいかず、二十八歳からまた会社員に戻った。そしてスケートボードと関係のない仕事を二年と少しやっているうちに、自分の中のスケートボード欲が熱く強くなっていくのを実感していた。そして三十歳を前に、何のアテもツテもないのに会社を辞め、再びスケートボード関係の何かをしようという甘い考えを持っていた。

とりあえず無職だ。時間だけはある。いつでもスケートボードができる時間を作れた。が、その〝いつでもできる〟という環境に甘えが出て、結局全然スケートボードをしなくなっていた。

そんな中、スケートボード仲間と合コンっぽい飲み会があり、その夜気がついたときには、そこで知り合った女の子の家に転がり込んでいた。

そこは殺風景で生活感のない部屋だった。泊まった翌朝、といってもすでに昼は過ぎていたが、「ねぇ、ご飯しに行こうよ」と、まだベッドの中にいる俺にケイコが声をかけてきた。俺は見慣れない天井を見ながら聞いた。

「何があるこのへん？」

「すぐ裏手の１３４号沿いにモスがあるよ」

俺はすぐに支度をした。なんだろう、俺世代にとってモスバーガーはちょっとしたご馳走のような気がしてしまう。金額とかじゃなく、ファストフードの最高峰というか、無職の俺が自分から進んでは滅多に食べないモノのような贅沢感があった。

ちょっとウキウキしながらケイコと手を繋いで家を出る。三十歳目前、無職、平日の昼下がり。と気まずい三種の神器を身に纏った俺が、さらに付き合ってもいない、昨夜初めてセックスをしたケイコと手を繋いでモスバーガーへ向かう。後ろめたさの塊だ。

家を出てすぐに何かを感じた。初めてきた昨日は夜だったから気がつかなかったが、すぐ裏手を走っている国道を挟んだ左斜め前には江ノ島が見えてきた。そして江ノ島が現れる前に〝それ〟が見えてきた。

「やっぱりな」

俺は心の中で呟いた。

目の前に見えてきたのは鵠沼のスケートボードの聖地、通称〝セガ前〟だ。漆黒の高めの大理石のカーブが、真冬の二月の日差しでも眩しく見えた。

俺は少しの間、国道を挟んで見えるソレを眺めていた。

最後にセガ前で滑ったのはいつだったかな？　もうかなり前だ。サクちゃんがアメリカから一時帰国したとき、スケートボードを辞めてしまったマット・ヘンズリーの話や、山の上に家を構えていたときのダニー・ウェイ宅でのホームパーティーの話とかを聞きながら、スウィッチ・ショービットで一段目に乗り、スタンスを戻してからワンプッシュしてノーリー・フロントフリップで降りるラインにトライしていた時だったかな？　だとするともう十年以上は前だな。そんな昔にサクちゃんは一段目をスウィッチ・インワードヒールで上がっていたな。やっぱスゲーなサクちゃんは――と物思いに耽っていた。

「どうしたの？　寒いから入ろうよ」

ケイコに声をかけられてハッとした。おそらく二、三秒だったかもしれないが、俺の中ではすごい勢いで思い出が蘇っていた。

久々に見るスケートスポットを目の前にするといろいろと蘇ってくる。同時に、最近全然スケートボードをしてないな、と改めて思いながらモスバーガーに入った。

結構ゆったりとした内装の店は、カフェと銘打っているだけあってくつろげた。食後にコーヒーまでオーダーしちゃって、無職の平日を楽しんでいた。そういえばケイコは何の仕事をしているんだろう。

「え!? 昨日言ったよ。化粧品の販売だよ。渋谷の西武で」

そういえばそうだった。合コンのときに四人いて、四人とも同じ化粧品メーカーの販売員で店舗が別々とか言ってたな。でも鵠沼から渋谷だと通勤が大変そうだ。

「いや、家は大森だよ。実家」

「じゃあこの鵠沼の家は？」

ちょっとビックリして俺は聞いた。

「ああ、あれは昨日の四人で借りてるの。夏に海に行った後とか終電を気にしないで飲んだりできるし、こうやって休日をゆっくり過ごしたりできるし、別荘みたいな感じ」

ふーん、こうやってね。彼氏でもない俺みたいな男を代わる代わるってな感じか。そうなってくると、もうめちゃくちゃセックスがしたくなってくるのが男の悲しい性だ。

部屋に戻るなり意味もなく体を貪り合いセックスをした。無職の三十男は体力があり余っていたのだ。カーテンの隙間から日が暮れていくのを見る。スケートボードをもっとしたいと思って無職になった三十男の、なんとも生産性のない一日があっけなく終わっていった。

それから週に一日はその家で過ごすようになった。そして三回目にモスへ行ったときに提案した。

「俺さ、今無職じゃん。ヒマだしあの家の掃除したり管理人やるよ。家賃も少し入れるし。鵠沼のスケートパークまでプッシュですぐだからスケートボードしたいし」

「それいいね。三人に聞いてみるね。冬場はみんな全然来ないし、なんだかんだ私が一番近いから名義も私だし、たぶん平気だよ」と、ケイコは賛成してくれた。

四回目、俺はケイコと一日を過ごしてから、そのままその家にお邪魔しっぱなしになった。

翌朝ケイコが仕事に行くのを見送ると、とんでもなく暇になった。掃除といっても、豪邸でもないし、何しろ全然使われていないからそんなに汚れることもない。二月の終わりの寒空の下、海岸沿いのパークでスケートボードをする気にもならない。俺はその家で意味もなくダラダラと、ブックオフで買っておいた一〇〇円コーナーの小説を数冊読んで過ごしていた。


二日目の夜にそのメールはきた。

「ユウくん久しぶり。最初にみんなで飲んだときにいたチエだよ。鵠沼の家はどう？　私、今横浜で飲んでて帰るのめんどくさいから今からそっち行ってもいい？　朝まで一緒に飲まない？」

おっと、これはもうきっとアレですよね。と俺の脳みそが勘づいて、即「ＯＫ！

俺無職だし時間と体力だけはあり余ってるよ！」とバカっぽくメールの返信をし、掃除が行き届いているはずの室内をまた掃除し直していると、続けてメールがきた。

「夜、怖いから駅まで迎えにきて」と。はいはい、可愛いやっちゃのーと思い「すぐ行く！」と返信し「まだ早いよ！　二十三時三十八分くらいに着くかな？」と返事がきたので秒速で「了解！」と返信をして二十三時二十五分に家を出た。

忠犬ヨロシクなスタイルで、チエが乗った電車が駅に着く前には改札口で待っていた。

しばらくするとチエが改札口に現れた。初めて会ったときよりも派手めな服装で、「久しぶり～」と、酔った勢いなのかハグをしてきた。頭の中で「ケイコにはなんて言おう？」とか考えていたが、チエが手を繋いできたのと同時にどうでもよくなっていた。

帰りがけにコンビニでお酒などを買い込んだ。傍から見たら超ラブラブなカップルだ。だが昨夜はケイコと手を繋いで買い物に来ている。「俺って最低だな…」と思ったが、お酒を選んでいるチエの胸元を見て、「最高♡」と思った。

そして家に着き、俺の家でもないのに「どうぞ」と言って鍵を開けた。

「ウケる！　私たちの別荘なんですけど！」

チエは笑いながらブーツを脱ぎ、キスをしてきた。

一昨日の夜に友達のケイコとこの部屋でセックスをしまくっていたのはたぶん知っているはずだ。「この娘はなかなか大胆だな」と思いながら玄関先でそのまま立ちバックをした。

途中でちゃんと鍵をかけなければと思い、「男はこういうときに冷静だよね」とか考えながら、後ろから突いているのをいったん抜いて、濡れてテラテラしているチエの割れ目に沿って右手の指の腹を這わせてゆっくりと動かしながら、左手でドアの鍵を閉めた。

このまま射精したらこの夜が簡単に終わってしまう。ふとそう思った俺は途中でやめて、「ねぇ、乾杯しようよ」と、さっきコンビニで買った安いシャンパンを、服を脱いで全裸になってから開けた。

開けた瞬間に吹き出した安いシャンパンが、服を全部脱ぎ終わって髪の毛を結い直しているチエの背中からお尻にかけて大量にかかった。

「キャッ！　ワザとでしょ‼　舐めて、綺麗に舐めてよね！」

とチエが言い、俺は無言で首筋から舐め始めた。時どき左手に持った安いシャンパンを回し飲みしながら、そしてキスをしながら、玄関先のマットがビシャビシャになっているのも気にしないで舐めまくった。

俺がチエの脚を軽く持ち上げて開こうとしたとき、チエが俺の手から安いシャンパンを奪ってもう片方の手で俺の手を引き、安いシャンパンをラッパ飲みしながらバスルームへと向かった。

チエはバスタブの角に座り、みずから自分のアソコに安いシャンパンをかけながら、「舐めて。全部舐めて！」と俺の頭を抑えつけてきた。

チエのアソコは安いシャンパンの味がしてすごく熱かった。舌の先で安いシャンパンをすくうようにしてワザと音を立ててアソコを舐めている俺に、隣の部屋の住人に聞こえるんじゃないかってくらいの声で聞いてきた。

「ケイコとはどういうセックスしてるの？　こんなことしてないでしょ？」

まったく男みたいだな、と思いながら、「ないよ。ケイコとはこんなセックスはしてないよ」と、この場を盛り上げるように熱っぽく言った。

そして甘ったるい安いシャンパンでベタついた脚をこれでもかってくらい開かせて後ろからまた挿れた。

シャンパンのせいか二人の結合部が泡立っていた。俺はそれを見て蟹みたいだなと思った。実際に泡を吹いている蟹を見たことはないけれど、脳みそのどこかで静かにその泡を見ていた。そしてチエのお尻の割れ目の、泡立った安いシャンパンの中に射精をした。

一度射精をしてしまうと男ってのは冷静なもので、こんなにも簡単にセックスをしてしまった娘との会話を、何ごともなかったかのように楽しんだ。

シャワーを浴びてお互い全裸のままビールで乾杯をし直してから、俺は半笑いで聞いた。

「今日はどうしていきなり来たの？　で、なんでいきなりヤッた？」

「いやー、ヤリたくてさ。ケイコばっかヤッてるみたいだから、この家で」

チエから意外な答えが返ってきた。ケイコって見かけによらず結構そうなんだな、と思っているとチエは続けた。

「だって私だけこの家借りてから誰ともヤッてないし。で、こないだユウくんが管理人で週の何日かいるけどいいかなってケイコから確認のメールきてさ。で、OK出すのと同時に、私も久々に別荘に遊びに行こって思ったの。どうせケイコの彼氏じゃないみたいだしさ」

「俺がいる日に？」

「そう、ケイコのお気に入りのセフレを取っちゃえ！ってね」

悪い笑みを浮かべ、照れ隠しなのか、会話を終わらせるように激しくキスをしてきた。

そうか、そういうことか。もうこの家には来られないかな、と思いながらキスを続け、そのままリビングの固い床で俺が下になってセックスをした。

この家に来られるのも最後かと思うと、チエとのセックスもこれが最初で最後なんだなと思えてきた。しかし、まだ二人で会ってから二時間も経っていないのに、すごく濃厚で相性のいいセックスをしていた。

「あ、俺この娘ともうちょっと一緒にいたいな」と思い、チエが平気というから中に出した。立て続けの二回目なのにすごくたくさん出た。俺は少し疲れてきていた。上からキスをしてくるチエになすがままにされ、口移しでビールを飲まされてハッとした。

そうだ、明日セガ前でチャッティーチャッティークルーが撮影するとか言ってたな。

まだ中に挿れたまま聞いた。

「明日さ、俺の友達が近くのモスバーガー前の公園にスケートボードをしに来るんだけどちょっと行ってみない？」

「あそこ有名なんでしょ？　行ってみたい！　でもケイコは平気？」

すっかり忘れていたケイコのことをどうしよう、と、きっと顔に出ていたのであろう。「優しい男ね」と言いながら腰を浮かせて足もとに下がり、イッたばかりの溶けてしまいそうな俺のペニスを咥えた。

「チエって悪い女だね。俺がケイコのことを考えてるときに咥えてくるなんて」

「でしょ♪」

チエは聞き取れないような篭(こも)った声でたぶんそう言った。

そして、一昨日ケイコを抱いたベッドに移り、今度は俺が上から激しくチエに腰を打ちつけた。もうケイコのことなんて考えている余裕はなかった。

翌日の昼過ぎ、チエと一緒にセガ前に行った。左手はチエと手を繋ぎ、右手にはスケートボードを持っていた。みんなが俺たちのことを見た。その日は三月最初の週末で、気がつくと春はもうそこまで来ていた。

チェリー

「思春期」と辞書で調べると、児童期から青年期への移行期。もしくは青年期の前半。第二次性徴が現れ、異性への関心が高まる年頃。一一、二歳から一六、七歳頃をいう。春機発動期。青春期。『大辞林 第三版（二〇〇六）』。

大体こんな感じのことが書いてある。とりあえず高校生のときにいろんなことを経験し、それが土台となって人は形成されていくのであろう。

高校生になり行動範囲が広くなった俺は、横須賀を拠点に湘南、横浜、都内と至るところへスケートボードをしに行った。

俺が住んでいた葉山はＪＲ逗子駅からバスに乗らなければならず、終電ならぬ終バスをすぐに逃した。だから週末ともなれば始発帰り、または友人宅に泊まり歩くというスタイルが身についていた。

　高校一年でも当時はなんだかんだ深夜のクラブにも入れてしまったし、明け方までスケートボードをしても疲れ知らずだった。本当に若さというやつは素晴らしい。

　そんな毎日を送っていると、学校の同級生とはあまり接点もなくなり、共通の話題も少なくなっていた。何より中学のときに四六時中一緒にスケートボードをしていたメンツとも高校はバラバラになっていたので、俺の高校生活は放課後や週末のスケートボード、そこから派生することにすべてを置いていた。

　たまに校門前に、スケーターの先輩が車を横づけして迎えにきてくれたりもして、少し老け顔だった俺は、同じクラスの奴らの間で、実は一年ダブってる遊び人なのだという噂が立ったりしていた。

　中学三年のときからＡＪＳＡに出まくっていて、高校一年のときにはスポンサーもつき、大会で広島や仙台に行ったりして学校も休んでいたし、年上のスケーターたちと一緒に街にいたりしたからそんな噂がたったのだろう。

年上のスケーターにタクヤさんという人がいた。タクヤさんは俺より二歳上の金持ち御曹司スケーターで、俺が通ってる高校の三年のハルミさんと付き合っていた。そのハルミさんの仲良しグループにミワさんとサトさんというコギャルがいて、彼女たちも俺たちのスケートボード後の溜まり場によくいた。

その溜まり場というのは、ショッパーズプラザ横須賀というショッピングモール内のフードコートだ。だいたい暗くなるまでスケートボードをしたらみんなそこに溜まっていた。ドムドムバーガーのバイトの娘。クレープハウスユニのバイトの娘。ケンタッキーフライドチキンのバイトの娘。可愛い店員もちらほらいて、現に何人かスケーターと付き合ったりもしていた。

そのフードコートから少し離れた場所にあるダイエーへ行く途中の雑貨屋で、コギャルのミワさんがたまにバイトをしていた。

俺は溜まり場でミワさんによくからかわれていた。そこまで可愛いとか綺麗というカテゴリーには入らなかったが、ミワさんはキャラ立ちしていて、一年のウブな俺を見かけると、「よ！　童貞！　今日もモテずにスケボーか⁉」と、校内だろうが校外だろうがお構いなしに露骨にからかってきた。

その日も高校の購買で焼きそばパンを買っているとミワさんたちのグループが来て、一緒にいるチーマーの先輩に「ミワ！　お前の舎弟がいるぞ！」と言われ、ミワさんには「よ！　今日も見事な童貞っぷりだな！」と軽く頭を小突かれた。

「ミワ、お前こいつの童貞狙ってんべ！」

「お前、気をつけろ！　喰われちゃうぞ！」

チーマーの先輩たちはそんなことを言い、爆笑しながら購買を後にした。

「童貞喰われちゃいそうじゃん！」

ちょうど居合わせた、同じ高校で唯一のスケーター仲間だった同級生のカツもさらに俺を茶化してくる。

からかわれる日々が続き、俺は別にタイプでも可愛くも綺麗でもなかったミワさんを意識するようになっていた。

いつものように、フードコートでみんながドムドムバーガーやケンタッキーフライドチキンで飯を買っているのに、俺はわざわざダイエーへ買い物に行き、ミワさんが雑貨屋にいるか、さりげなく確認しに行ったりしていた。

学校でも無駄に購買へ行ったりするようになっていた。そしてミワさんを見かけても自分からは話しかけずに、「よ！　童貞！」と声をかけられるのを待っているという、シャイな童貞っぷりを発揮していた。

一度話しかけられちゃえばこっちのもんだ。とりあえず売り言葉に買い言葉で公衆の面前でもあるので「違ぇーし！」といつも強がっていた。ミワさんは毎回それに「はいはい」と返してくれた。


「そういえばさ、タクヤん家の別荘で再来週の花火大会の日にパーティーすんだけど一緒に行かない？　童貞いた方が面白いし！」

すでに俺のアダ名が「童貞」に確定したまま、さりげなく前を通りすぎようとした雑貨屋からミワさんに呼び止められて話が進んだ。

「え⁉　タクヤさん？　別荘？」

「そうそう、タクヤとハルミとサトと私なの。で、このままだとタクヤのハーレム状態だから童貞も来なよ。私と同伴ってことでさ。タクヤと仲良いでしょ？」

何やらすごい展開になってきた。どうやらハルミさんが一人で彼氏の別荘にお泊まりっていうのがＮＧらしく、何人かのグループでのホームパーティーという名目になっているようだ。そのメンバーになぜか俺が選ばれたのだ。

「でも、俺が行くってミワさんが勝手に決めちゃっていいんですか？」

「いいのいいの。タクヤは私に頭上がらないし、童貞は私のカワイイ年下彼氏ってことで♫」

いきなり俺が彼氏ポジションというワケのわからない強引さだったが、なぜか説得力があるのがミワさんのいいところだ。そしてたぶんタクヤさんがハルミさんに惚れていて、その間を取り持ったのがミワさんだから頭が上がらないのだろう。なんとなく話が見えてきた。

「わかりましたー。でも彼氏ってのはなんだかなー？」

俺は少し不満っぽく言った。

「童貞のクセに生意気だな！」

いつものように軽く頭を小突かれた。

そんなことをやっているとお客さんが来て、ミワさんはレジのほうへ戻りながら言った。

「あ、週末の件、ベル入れてねー！」

俺はミワさんのポケベルの番号を知らなかった。でも、まぁ後で聞けば平気だろうと、ダイエーで買った三二〇円のノリ弁を持ってルンルンでフードコートに戻った。

戻るとみんなはもうそれぞれ買ったものを食べ始めていた。荷物を置いていた席に着くとカツがドムドムのコロッケバーガーを食べながら話しかけてきた。

「なんかルンルンじゃん。またミワさんと話してたべ？　もしかしてもう童貞喰われた？」と茶化してきた。

「そんなんじゃねーよ！」と俺は返したが、「なんか怪しいなー。なんか隠してんべ！」とカツにしつこく聞かれたが、ホームパーティーに誘われたことは内緒にしておいた。

そしてノリ弁も食べ終わりチルって談笑していると、タクヤさんが「ぴぽに滑り行こうぜ！」と何人かに声をかけ始めていた。俺とカツは「イク！　イクす！イキまーす！」と手をあげてデッキとカバンを勢いよく取った。

フードコートを出てぴぽに向けてプッシュをしているときに、「あ、ヤベ、ミワさんのベル番聞けてないや。どうしよ?」と頭をよぎったが、目の前で仲間のダイちゃんがリチャード・マルダーのマネをしてジャンスポーツのリュックを背負ったまま見事にＦＳキックフリップをメイクした。

「イエー！」と盛り上がる一同に軽くガッツポーズを見せたまま、ＦＳに少し回り過ぎたダイちゃんはアーケードの薬局のレジに突っ込んだ。「すみません。すみません」と謝りまくるダイちゃんは、意外にも冷静にそのままレジ横に陳列されていたグミを買って戻ってきた。

爆笑してデッキのテールを路面に叩きつけて盛り上がっている俺らに、まるでファンサービスをする歌手のように両手を挙げてダイちゃんが薬局から出てきた。そしてキックフリップをやって失敗して裏乗りした。

アーケードにパーンッとデッキが叩きつけられ乾いた音が響いた。

薬局のおばちゃんが「あんたたち！　いい加減にしないと警察呼ぶよ！」と怒鳴ってきた。みんなで「すみませんー」とぶっきらぼうに言い放ってそそくさとプッシュで逃げた。もうミワさんのベル番のことなんてすっかり忘れていた。

いつものようにぴぽでのスケートセッションは盛り上がった。船首に見立てた公園内の遊具を囲うオブジェの丸レールで、カツがド渋なフェイキー50‐50グラインドをメイクし、続けざまに俺がスウィッチFSボードスライドをトライして着地でウィールがつまって吹っ飛んだ。カツが「なんだよ、せっかく連チャンでメイク行けそうだったのに。もう一回やるか！」と再度トライした。

数回のトライで連続メイクをして気分よくコンビニに飲み物を買いに行った。その日は360キックフリップが得意なヨシヤの彼女が近くのコンビニでバイトに出ている日だった。カツと「お！　今日も可愛いね！」なんて場末のスナックで飲んでるおっさんみたいに声をかけ、会計を済ませてコンビニを出た。するとちょうど公園とは逆方面の大通りを、駅に向かって歩いているバイト帰りのミワさんを見かけた。「あ、ベル番聞かなきゃ！」と思い出し、大通りへ行きかけたところで、ミワさんと一緒に歩いているチーマーの先輩に気付いた。なんだか胸が締め付けられた俺は見なかったことにして、公園へ向かってプッシュしているカツの後をすぐに追った。

男の人と一緒にいたミワさんのことが気になっていたからか、ミワさんに購買などでなるべく鉢合わせしないようにした。そんな数日が過ぎ、昼休みの終わりくらいに俺のいる教室にミワさんが来た。

「よ、童貞！　元気か？　ベル鳴らせよ。私はあんたの番号知らないんだから！」

教室がざわついているのがわかる。そりゃそうだろう。一年生の教室に三年生のチーマーたちとよく一緒にいる女の上級生が来て、クラスに全然友達のいない俺にいきなり「童貞」とか「ベル鳴らせ」と言うのだ。俺は小さな声で返した。

「いや、だってミワさんのベル番知らないし…」

「あ、やだ！　教えてなかったっけ⁉」

ミワさんはそう言って笑いながら、紙と書く物出せ、と俺のノートと筆箱を机から引っ張り出した。

「はいよ。ベル番！」

丸文字の可愛い字で書かれたベル番を渡され「もう今週末だからな！」と言いながら教室を出て行った。

俺は呆然とベル番が書かれたノートの切れ端を見ながらクールを装っていたが、内心ではかなりなガッツポーズだった。意識し始めた異性から直々にベル番をもらったのだ。そうしていると違うクラスのカツが来た。

「今ミワさんとすれ違ったぞ、廊下で！　お前にわざわざ会いに来たんだろ⁉」

と聞かれ、手に持っているベル番がバレた。

「やっぱアレか⁉　お前ら付き合ってんのか⁉」

カツに茶化され、周りにいたクラスメイトの目にもそういうふうに映っているようだった。なんか恥ずかしくて落ち着かなかったが、悪い気はしなかった。

そして待ちに待った花火大会の日が来た。ミワさんと、タクヤさんカップルたちと別荘近くのスーパーで待ち合わせをしていろいろと買い出しをしていくことになっていた。

「お前、ちゃんと内緒にしたよな？　みんなに別荘がバレたら事あるごとにパーティーしようとかなっちゃいそうだからな」

タクヤさんに念を押された。俺はミワさんにも言われていたからそれだけはしっかりと守っていた。スーパーで酒やつまみなどを買い込んで、アイスを食べながら別荘へ向かった。午後の一番暑い日差しの中で食べるアイスは、食べるスピードよりも速く溶けていった。

タクヤさんはファクトの太っとい赤茶色の短パンに、ワールド・インダストリーズのＴシャツといういつもと変わりない格好だったが、ハルミさんやサトさん、そしてミワさんは、普段フードコートで溜まっているときに見かける格好よりもセクシーで大人っぽく見えた。

花柄のワンピースの背中から見える蝶々結びされた水着の紐や、胸の膨らみを見ながら俺はゴクリっと生唾を飲んだ。

「童貞さ、さっきから見過ぎじゃね？　私のおっぱい‼」

ミワさんに見透かされたのか、大爆笑しながら叩かれ、みんなも大爆笑した。


タクヤさんの親の別荘に着いた。飲み物を冷蔵庫に入れ、タクヤさんからアメリカの青春映画に出てきそうなセリフ、「パパとママの寝室には入るなよな！」的な注意事項を聞かされてから屋上にあるプールに向かった。


まさしく童貞の俺は、こんなに年頃の女の子の生肌を、太陽の下でさらにこんなにも近くで見るなんてことはなかったので、頑張って平静を装っていたが内心はもうフル勃起である。

タクヤさんはハルミさんと浮き輪でプカプカイチャイチャしているし、ミワさんとサトさんは25メートル弱のプールでなぜかガチ泳ぎで競い合ったりしていた。

俺は邪魔にならないように隅でプカプカしながら、ミワさんの平泳ぎを見ていた。

するとミワさんがこっちを向いて言った。

「童貞も泳げー！　レースだレース！　はい、スタート！」

そう言って、スタート地点もゴール地点もわからないまま泳ぎ始めた。よくわからないが俺も泳ぎ始めた。するとミワさんに足を捕まれ羽交い締めにされ、いきなりバックドロップみたいに水中に逆さまに投げられ、みんなが爆笑していた。俺の背中にはミワさんのおっぱいの感触が残った。プールサイドに上がって爆笑するミワさんを捕まえ、仕返しでミワさんを抱きかかえてプールに落とした。一応考えておっぱいの下あたりを抱えたが、腕にはめちゃめちゃおっぱいの感触が残っていた。なぜか俺は照れ隠しな流れで、プールの中に投げ飛ばした。プールサイドに上がろうとしていたタクヤさんとサトさんもプールの中に投げ飛ばした。そのまま謎の追いかけっこと投げ飛ばし大会が勃発し、十五歳の俺は初めて女の生肌を触りながら内心大興奮していた。

プールから上がり、個々にシャワーを済ませて買ってきた酒を飲み始めていた。窓には大きな夕陽が江ノ島の向こうに沈んでいくのが見えた。

タクヤさんをコック長に台所ではカレー作りが始まっていた。リビングから見ているとタクヤさんとハルミさんは夫婦のように見えた。

こんな場所でこんな生活ができる人が羨ましいな、と眺めていたら、髪の毛にバスタオルを巻いたミワさんが隣に座ってきた。そして俺に白ワインを注げと言わんばかりにグラスを振った。

慣れない手つきで白ワインを注いでいるとタクヤさんが俺たちに言った。

「お前らお似合いだな！　もしかして、もう喰われたか⁉」

「タークーヤー！　下品なことをうちの彼氏に言わないで！」

ミワさんがそう言った。彼氏⁉　いつから⁉　俺が⁉　俺は戸惑った。すると
「そっかそっか、悪い悪い」とタクヤさんは普通の返答をした。え⁉　俺ってミワさんの彼氏なのか⁉　と思っていたら、サトさんが「え⁉　マジで聞いてないんだけど！　いつから付き合ってんの？」と俺に聞いてきた。

「いや、たぶん付き合ってないすよ」と俺はなるべく普通に答えた。

タクヤさんとサトさんが口を揃えて「たぶんって何⁉」と言い、ハルミさんが爆笑しながら「ミワ、たぶんって？」とミワさんに問い正す。

「だって、童貞可愛いじゃん、なんか。だから飼いたいなーって」

え⁉　飼うって何？　彼氏よりもランク下？　と俺の脳内は「？？」状態になった。

「わかるー。なんか飼いたいよね、この童貞！」と缶ビールを飲み干したサトさんにも〝童貞〟と初めて呼ばれ抱きつかれた。

するとグラスから白ワインをこぼしそうになりながら「ちょっと、うちの童貞に何してるのよ！」とミワさんがサトさんを払いにきた。

そのやりとりを見ていたタクヤさんが笑いながら「よかったな、ハーレムじゃん！　あんま可愛くない二人だけど！」と言って女子全員に叩かれていた。

カレーを食べ終わると、ちょうど花火大会が始まる時間になっていた。

「屋上のプールで見ようぜ！」

タクヤさんがそう言ってきたが、〝夜間の使用禁止〟と書いてあったのを俺が言うと「大丈夫大丈夫。バシャバシャと泳がないで浮かびながら静かに見ていれば平気だよ」と、みんな急いで支度をして屋上へと向かった。

女の子三人は浮き輪などに乗ってプカプカしながら花火を見ていた。タクヤさんはハルミさんの浮き輪を支えながらヒソヒソと話をしていた。あまり見ないようにしていたが時どきキスをしていた。それを発見したミワさんとサトさんが「ちょっとー見せつけないでよー！」と野次を入れたが、タクヤさんが「お前らもすりゃいいじゃん！」と言い放ち、また二人だけの世界に戻っていった。

夜のプールで花火見物というシチュエーションでミワさんを意識して見ていると、いきなりサトさんからほっぺたにキスをされた。

「ミワ！　のんびりしてると童貞の童貞は私がもらっちゃうよー」

サトさんが俺を抱き寄せながら言った。

もう何がなんだかわからないけどサトさんの小さなおっぱいが蛍光イエローのビキニ越しに当たっていて俺は勃起し始めていた。

「はいはい、そんな貧乳で、童貞捨てるワケないじゃーん！」

ミワさんがそう言いながら俺の顔にその自慢の巨乳を押し付けてきた。前後からおっぱいに挟まれ、頭上では花火が上がっている。プールの中ではフル勃起だ。

ものすごい状態だ。幸い浮き輪に乗っている真正面のミワさんには下半身は当たっていないのでバレてはいない。

「童貞、二個下だからかなー、肌チョーすべすべー！」

と後ろからサトさんに、胸からお腹にかけて撫で撫でするようにまさぐられていると勃起しているモノに手が当たった。

「ヤダ、チョーウケる！　童貞チョー勃起してる！」とサトさんにバレた。

「ミワ！　触ってみ！」

サトさんが俺の両手を押さえつけた。

「マジで⁉　私のおっぱいが魅力的過ぎた⁉」と笑いながら、乗っている浮き輪を傾かせてミワさんはモロに握ってきた。

「あっ…」

明らかなリアクションをしてしまった俺に、二人は「可愛ィーッ！」といたずらに笑う。

ふと背後に気配を感じ、振り返るとプールサイドに知らない人が立っていた。

「あなたたち、何号室の人？　うちはこの真下の階の部屋なんだけどちょっとうるさいわよ！　それに夜間は使用禁止でしょ！」と勢いよくおばさんに怒られた。

タクヤさんカップルが代表者としていろいろ聞かれることになった。

「お前ら先に戻ってシャワーでも浴びとけ」

そう言って俺たちに鍵を渡し、怒っているおばさんに「すみませんでした」と頭を下げていた。俺たちは先に部屋に戻ることになった。

エレベーターに乗り込み、「タクヤさん平気かな？」と俺が心配していると、何気なくタオルで隠していた勃起したモノに気付かれた。

「何、おっ勃てたままでそんな神妙な顔して！」とミワさんにバスタオルを取られた。

見事にテント状態な俺の海パンを見てミワさんとサトさんはまた「可愛イーッ！」と声を揃えて笑った。完全にからかわれていると思った。

部屋の鍵を開け、部屋を濡らさないように狭い玄関で三人は体を拭き合った。

ここぞとばかりにどさくさに紛れておっぱいやお尻を拭いたが、何も言われないどころか二人も俺の勃起したモノを触ったりしていた。

「夜で体冷えちゃったし順番待つの面倒だから三人でお風呂入ろうよ」とミワさんが言い出した。

俺は思わず「え⁉」と言った。

「さっき体洗ったし、お湯で流すだけだから水着のままでさ。なんか童貞ずっと勃起してるしすんごいこと想像したでしょ！」とまた笑われた。


三人でお風呂場に入ったが、なんかすごくからかわれているのがイヤになった俺は、ボディーソープを手に塗りたくって二人の背中を洗い始めた。「あ、ありがとー」と嫌がられるわけでもなかったから、調子に乗っておっぱいも洗ってみた。「ちょっ」とミワさんに最初言われたが平気だった。サトさんにも同様にしてみたが平気だった。

別荘とはいえ普通のマンションタイプなのでさほども広くないお風呂場で、三人だと嫌でも密着する。気付いたら三人で水着越しに洗いっこになっていた。俺は水着の中に手を入れて初めて生でおっぱいを揉んだ。ミワさんのは手の平に収まらないくらいで重量もあり、サトさんのは手の平にすっぽりと収まり乳首がつんと上を向いているようだった。

俺はもう「おっぱいすげー！　おっぱいすげー！」という状態になっていた。

そうこうしていると、ミワさんが俺の海パンを脱がせてバスタブの角に座らせた。十五歳の童貞はなすがままだ。

二人の年上の女性に勃起したモノをまじまじと見られていた。「可愛い」とミワさんが俺のを優しくしごき始めた。それを横でサトさんが見ていたが、俺はサトさんの水着の中に左手を入れっぱなしでおっぱいを洗っている。というか揉みしだいている。

それに気付いたミワさんが俺の右手を手に取り、自分の水着の下のほうへと誘導していった。茂みの中をまさぐり、すごく奥のほうに指を導かれたとき、ものすごく熱い箇所に辿り着いた。本当にびっくりするくらい熱くてトロトロと溶けてしまっているんじゃないかというくらい、熱くて柔らかいミワさんの中心に触れた。

ミワさんと目が合った俺は自然とキスをした。ほんの少しするタバコの味が俺のファーストキスの味だ。

サトさんが「ずるい！」といって俺の勃起したモノに手を伸ばしてきた。そして二人の手で本当に三擦りもしないうちに俺は射精をした。

時間でいったら本当にシャワーに入って一、二分しか経っていなかったかもしれないが、ものすごく長い時間のように感じた。

ミワさんとサトさんが「可愛ィーッ！」と言ってほっぺたに二人でキスをしてきた。

俺はもう放心状態だ。二人がシャワーで俺の精子を洗い流している。そのついでなのか、まだ敏感な俺のモノについた精子も洗い流してくれた。

触られるたびにビクンッと反応する俺に二人は「可愛ィーッ！」とまた言った。

何が可愛いのだろうか。こんなことが世の中にあるのだろうか。今夜はこの後どうなるのだろうか。そうやっていろんなことが頭の中をグルグルしていると玄関のドアが開くのがわかった。タクヤさんだ。

「ヤバッ！」と思った俺はすぐに海パンを穿き直した。

「なんだ!? お前ら三人で入ってるのかよ！　ズリィ！　俺も混ぜろ！」

風呂場のドアが開いた。

「なんだ水着のままかよ！」と言いながら、一緒にいるハルミさんとイチャイチャし始めた。

「お前ら早く出ろよ。次は俺らが入るんだからな」

タクヤさんがそう言い終わるくらいに「あれ？　なんか臭くない？」とハルミさんが言い出した。

「お前！　俺ん家の風呂で射精しただろ！　クサッ‼　フザケンナヨ、お前の精子臭い風呂になんか入りたくねーよ！　すぐ掃除しろ‼」

「すみません。すぐ掃除します」

射精したばかりの俺は謝った。

「ウケる！　チョーかわいそう。イッた後にすぐ怒られてる！」

ミワさんとサトさんは爆笑した。

「ってか、お前初めてが３Ｐってヤバくね⁉　すぐ掃除して俺もハルミと風呂でヤッたら、後で童貞卒業パーティーだ！」と言ってハルミさんを抱き寄せたら軽く引っ叩かれていた。

「いや、まだ童貞は童貞だよ。ちょっと二人で触ったらイッちゃっただけだから」

とミワさんが言った。

「なんだ、手コキでイッただけか。しっかしその童貞ってアダ名はかわいそーだな」

みんなで爆笑していた。俺はまだ勃起が収まらないままバスタブに座っていた。

すぐに風呂掃除を終わらせると、タクヤさんとハルミさんはお風呂場に入っていった。二人は水着も全部脱いで一緒に入っているようだった。リビングに行くと、ミワさんとサトさんが酒を飲みながらおつまみのサラミを見て言った。

「お！　童貞！　あんたのってこれくらいのサイズで可愛かったよな！」

と露骨にサイズ表現してきてサトさんは手を叩いて爆笑している。俺は恥ずかしくて恥ずかしくてしかたなかったが、とりあえず缶ビールを開けた。

「まぁまぁ、誰しも初めてっていうのは」ともっともらしくサトさんが言い始めたが、ミワさんが即座に「童貞はまだ童貞だから！　手コキですぐイっちゃったから！」とまた二人で笑い合っていた。

俺が露骨にイヤそうな顔をしたら二人とも「可愛ィーッ！」と言い、ミワさんが「またシテあげようか⁉」とジミー大西ばりに右手を上下に動かした。

俺は「ちょっと、やめてよ」と真面目な顔で言った。すると二人は一瞬黙って「ごめんごめん。本当に童貞が可愛い過ぎてさ」と小さな声で言った。

一瞬シーンとしたリビングにかすかにお風呂場からハルミさんの喘ぎ声が聞こえてきた。そうしたらまた「超ウケる！　あの二人超ヤッてるし‼」と、また爆笑し始めた。

ミワさんに隣に座れと手招きされて缶ビール片手に座った。耳元でミワさんに「童貞さ、本当に今夜童貞捨てる？」と言われ、俺はミワさんの目を見た。その瞬間、サトさんの視線を感じ、めちゃめちゃ笑いをこらえているのがわかった。俺にはもう女がわからなかった。からかわれているのか本気なのか。

その夜、俺は生まれて初めて吐くまで酒を飲んだ。気付いたらタクヤさんの別荘のリビングで寝ていた。

翌朝目を覚まし散らかったリビングを見て、すごい状態だな、まるで映画のホームパーティーの後みたいだな、と思い笑いがこみ上げてきた。そうだ、そうだよ。俺はホームパーティーをしに来たんだ。

昨夜、俺は童貞を捨てられなかったけど、酔っ払い始めてからミワさんにもサトさんにもタクヤさんにもいろいろな話ができた気がする。これが酒の力ってやつなのかな。チョー楽しかったな。でも今はものすごく気持ちが悪い。そんなことを考えながらトイレに行って吐いているとまた眠ってしまったようだ。

「早く開けろよ！　使いたいんだけどー」

タクヤさんに起こされた。

その後タクヤさんに水を渡され、「ミワとサトはもう帰ったぞ。お前が潰れてたから心配してたけど、夕方からバイトだからいったん帰るとかなんとか言ってたな」と伝えられた。

続けて「昨日の夜の酔っ払ったお前チョー面白かったな！」となぜか褒められもした。

「俺とハルミは夕方過ぎまで別荘にいるけど、お前はそろそろリビング片して帰れよ！　あと、このパーティーのことはマジで誰にも言うなよな！　男同士の約束だからな！」と、頭を小突かれた。俺は童貞は捨てられなかったけど、初めて男同士の約束を交わした気がした。

バス停まで海岸沿いの道を歩き、昨夜あったことを思い出しながら、今日はスケートボードには行けないなと思った。

そして、まだ酒が抜けきらずに頭がガンガンする真夏の炎天下、サウナのように蒸し暑くなっている海岸沿いの電話ボックスに入り、ミワさんのポケベルの番号を押していた。

『ビッグパンツ』は、フリーマガジン『HIDDEN CHAMPION』43号（二〇一六年冬号）から51号（二〇一八年冬号）にて連載していた読み切り小説「スケートボードis素敵」の全九編を元に改稿し、新たに書き下ろした一編を加えた短編集です。

この物語はフィクションであり、実在の人物、団体とは一切関係ありません。

柳町 唯（やなぎまち・ゆう）
1977年、神奈川県葉山町生まれ。1986年にスケートボードと出会い、1993年にはAJSA公認プロとしてのキャリアをスタートさせる。が、1996年にはクラブカルチャー、夜遊びにハマりプロからドロップアウト。以降30年余を“コンテンポラリー・スケートボーダー”、“印象派スケートボーダー”、“スケートボード・コンサルタント”などの肩書きを名乗り、専門誌、ファッション誌、カルチャー誌などでライター業を営む。2012年より自身のブランド「SNAKE’S PORNO WHEEL」を運営し、今なお日本のスケートボードシーンの底辺で暗躍している。

Big Pants

～スケートボード is 素敵～

2019年9月6日　発行
2019年9月30日　第2刷

著者　柳町　唯
表紙・挿絵　丸山伊織

発行者　松岡秀典
発行所　株式会社 HIDDEN CHAMPION
〒151-0063
東京都渋谷区富ケ谷 1-17-9 パークハイム 302
TEL. 03-6416-8262
http://hiddenchampion.jp

発売元　星雲社
印刷　サンニチ印刷

ISBN978-4-434-26472-6　C0093
Printed in Japan

価格はカバーに表示してあります。
乱丁・落丁本は、ご面倒ですが小社宛までご送付ください。
送料小社負担にてお取替えいたします。